넝쿨장미에
대한 의혹

나남
nanam

나남시선 96

넝쿨장미에
대한 의혹

2023년 4월 25일 발행
2023년 4월 25일 1쇄

지은이   류근조
발행자   趙相浩
발행처   (주) 나남
주소   10881 경기도 파주시 회동길 193
전화   (031) 955-4601 (代)
FAX   (031) 955-4555
등록   제 1-71호 (1979. 5. 12)
홈페이지   http://www.nanam.net
전자우편   post@nanam.net

ISBN   978-89-300-1096-2
ISBN   978-89-300-1069-6 (세트)

나남시선 96

류근조 열네 번째 시집

넝쿨장미에 대한 의혹

나남
nanam

군이 비유한다면 여름 한 철 내내 논밭 대신, 자판기 두드리며 모니터 앞에서 농사지은 농부農夫가 타작마당의 탈곡기 앞에 선 느낌이라고나 할까.

다만 노동의 개념으로 보면 중노동work보다는 가벼운 그림자노동labour에 가깝다고 할 수 있겠다.

아니, 60 평생 줄곧 이어 온 어찌 보면 직업의식으로써의 흔적남기기 행위는 아닐까 생각되기도 한~다.

범사회적으로 공인된 유명 인사들의 명예의 전당 게시판이나 동제판銅製板의 핸드 프린트hand print와 같은 것에는 비유할 수 없을지 몰라도 무릇 흔적남기기란 (어쩌면 시인詩人들에겐 각기 온도차는 있겠지만) 자신이 살아온 삶에 대해 자신이 지닌 감수성과 언어의 은유적 기능을 상상력의 힘에 의해 재구성

한, 사실과 다른 삶의 충격과 그 정서적 반응의 창조적 행위라고 생각된다.

물론 이 행위가 현실적 폭력과 맞설 수 있는 직접적인 것이라기보다는 간접적 치유능력을 지닌 것으로서 때로는 그 효능 면에서는 더욱 큰 인간 회복의 힘을 지니고 있다는 점이 시 창작이 지니는 본질과 비의秘意라고 보아 무방할 것이다.

아울러 이에 수반된 문제로서 언어 예술로서의 함축성의 성패 여부가 전제돼야 함은 더 말할 나위 없겠다.

끝으로 읽는 이들이 최소한 파한破閑의 즐거움과 함께할 수 있기를 바라는 마음 간절하다.

서력 2023년 4월
누陋 집필실 도심산방都心山房에서

柳謹助

차례

6부

넝쿨장미에 대한 의혹

1부

너와 나 사이

너와 나 사이

마주 서서 바라보는
산과 산 사이
강이 흐르네

지칠 줄 모르는 잔물결이
산을 한없이
강변이 되게 하는 강

하늘이 보면
우리 사이에도 강이 있으리

좁혀 앉고 당겨 앉아도
한참 더 당겨 앉고 싶은 거리가
나를 강변이 되게 하네

의혹

나는 누구인가

14년 전 2007년 6월 직장 은퇴 직후 13일에 걸쳐 가족여행으로 동유럽 체코 프라하를 들른 적이 있다

그리고 이때 나는 〈변신〉의 작가 프란츠 카프카가 당시 이 작품을 쓴 곳으로 전해지고 있는 골목을 가족들과 함께 일부러 찾아 확인할 만큼 나는 이 작품에 대하여 관심이 많았다

그런데 꼭 14년 만에 오늘 나는 다시 그때와는 다른 사정으로 카프카의 이 작품을 여기 소환한다

그것은 내 자신이 현재 살고 있는 현실 속에서 마치 소설 속 주인공의 처지가 돼 있다는 사실을 내 스스로 인정하고 싶다는 강한 의혹 때문이다

작품 속에서 주인공은 어느 날 자신이 사랑하던 누이조차 자신에게 전에 없이 마치 꺼리는 벌레 취급하듯 질겁하는 표정을 지으며 음식을 던져 놓고 가는 것을 보고 갑자기 자기의식과 다른 정체성 혼란에 빠진다

물론 내 경우엔 지나친 내 자신의 감수성 때문일 수도 있다고는 해도 현재 나에게도 이와 유사한 현상이 일어나고 있다는 의혹에 생각이 미쳤을 때 나로서는 실로 공포스런 일이 아닐 수 없다

　실제 나는 내 의식이나 생각은 예나 지금이나 다름이 없지만 가족들조차 이제 고령이 돼 나는 현재의 나는 옛날의 내가 아니라는 그런 시선을 이따금 느끼고 있다는 생각을 완전히는 불식하지 못하고 있다는 불확실하고 불안한 생각 때문이다

　오랜만에 다시 만난 지인에게 똑똑히 내 이름 세 자를 말해 줘도 갸우뚱 못 알아보겠다는 모습을 볼 때처럼-.

교신 交信

　오늘 나는 내 집필실 책 더미 위에 놓인 독일 악셀 하케의 소설 《사라진 데쳄버 이야기》[*]를 읽다가 그 첫머리에서 〈박완서의 이해를 돕기 위한 안내 성격의 글〉[**]을 읽었고 연이어 이와 관련 콘텍스트로서 핀란드 타우노 일리루시의 소설 《지상에서의 마지막 동행》[***]을 읽어보며 그 의미를 짚어보는 시간을 가졌다.

　그러나 그 일련의 텍스트들 공히 삶과 죽음에 관한 소설들이었음에도 거기서 내가 기대했던 인생에 대한 이렇다 할, 시원한 실마리는 얻지 못했다

---

[*] 저자는 데쳄버 왕이라는 우화적 인물의 상상력을 통하여 태어나 성장을 거듭하는 인간이 역으로 점점 작아져서 사라지는 것을 바탕으로 내용을 전개한다.

[**] 소설가 박완서는 이 소설을 읽고 실제 자기 인생에서 있었던 생사는 물론 무차별적 이별과 아픔을 통한 불가항력적 경험을 통하여 앞으로 맞게 될 산 자로서의 두려움을 그대로 드러내었다.

[***] 이 소설은 한마디로 사랑이라는 창구가 막혔을 때 스스로 선택한 노년의 소외감과 죽음에 관한 이야기이다. 자식이 없는 우체국장 토르는 정년 후 아내 안니가 암에 걸려 살날이 얼마 남지 않음을 알게 된다. 토르는 본인이 심장병에 걸려 6개월 시한부 생명이니 죽음이 서로를 갈라놓기 전에 함께 죽음을 속이자며 조카와 경찰국장에게 각기 유서를 남긴 후 음악을 틀어놓고 나란히 누워 약을 먹는다.

왜 이리 동서양 사유의 다리를 건너 뒤 돌아보아도 삶의 실마리는 도무지 풀리지 아니하는가 그렇다면 우주와 자연과 삶의 관계는 어떤 것인가.

새삼 내 자신이 마치 그냥 이 우주공간에 붕 떠 있어 속절없이 천체처럼 떠도는 느낌이 들었다.

뚜!- 뜨!- 따!- 따! 뚜!- 뜨!-따!- 따!

연신 조타기를 두들겨도
이에 대한 회신回信은 없었다.

다만 '삶은 즐거움만이 아닌 견뎌야 할 두려움'이란 생각이 순간 내 뇌리를 스쳐갔다.

삶의 2중 변주곡

세월아 아픈 나를 잊지 마 그건 모두 내 탓이니 나를 용서
하지 마!
가난아 한평생 시를 쓴다며 나를 울리던 세월아 나를 잊지 마!

오늘, 한평생 나를 키워주며 나의 양식이 돼 준 내 서가의
1만여 권의 책들을 비정하게 옥석을 가려 헌책방에 백정의 마
음으로 팔아넘기려고 편리한 박스에 담고 있는 나를 잊지 마!
그래서 연옥도 모자라 머잖아 내게 지옥행을 하게 될 것이라
는 충고도 잊지 마!

이제, 내 생명을 적셔주던 샘물도 바닥이 드러나고 어둠을
몰아내던 촛불은 찬바람에 사위며 마침내 나의 몸통마저 통째
로 흔들리고 있다고 고언苦言하는 일도 결코 잊지 마!

한평생 운명을 같이하던 형제여 이웃과 발 딛고 버티던 땅이
여 그대들 바로 곁에서 이제껏 행복이 춤추는 것도 몰라보고
불평만 일삼던 어리석은 나를 잊지 마!

이미 팔순八旬 문턱을 넘어선 나이에도 가던 길 위에서 다시 그리움 찾아 먼 길 나서려는 내 역마살을 비웃는 것도 잊지 마!

가도 가도 끝없는 이 나그네 길 그래도 결국 가지 못한 길이 있다는 것을 스스로 알게 될 때까지 가르쳐주지 마!

어둠 속에서

나는 지금 홀로 어둠 속에 갇혀 빛을 본다 빛줄기shine beam에는 분명 온도가 있어 내 전신의 감각 역시 이 온도에 연결되어 있음을 직감할 수 있다

그렇다고 일상인으로서 가장家長인 내가 어느 순간 우리 가족들의 의식 속에서 갑자기 사라진다 해도 이를 눈치채고 슬퍼할 가족이나 지인知人도 없겠지만 또 이로 인해 나는 시인詩人으로서도 불행하면서도 이들에게는 매양 그래 그래! 응응! 반응하며 꽤나 원만한 사람으로 비쳐질지 모르지만 나는 그만큼 사이비 가족이며 지인이며 내 자신이 바라는 내 본업 시업詩業도 인정받지 못하면서 하루하루 삶을 이어 갈 수밖에 없다

하지만 밥상머리 대면이나 지인들과의 비대면 소통에서는 나 역시 이런 시인詩人으로서의 입장만을 고집할 수는 없다

그래서 곰곰이 생각한 끝에 올더스 헉슬리의 유토피아 소설에서는 현재 우리가 살고 있는 이지러짐과 모자람이 없어 아예 문인文人이란 직업 자체가 없다하니 그 픽-션의 세계로 이민을 떠나는 방법밖에 없다는 결론에 다다랐다

더욱이 지금처럼 가상현실cyberspace이 보편화된 현실에서 사
랑에 실패한 주인공이 가상공간에서 사이버 베아트리체를 만
나서 사랑을 나눈다는 허만형의 동명同名의 소설에서처럼…

울림

신문도 마땅한 읽을거리도 없는 일요일 새벽 조금 뒤늦게 눈
떠 한쪽 손 방바닥 짚고 직립을 시도하는 순간이었네

우연히 내 첫눈에 꽂힌 서가書架의 밝고 환한 시집 한 권《영
원한 느낌표》!

1987. 9. 15.
저자가 친필로 서명해 보낸
유안진柳岸津의 시집
사이사이 담긴 명화들과 음미하기 쉽고
즐거운 아름다운 서정 시편들로 가득 차
내 주의를 끌어당긴 채 놓아주지 않~네
시인의 닿을 길 없는 시혼을 향한 生의 절규가
메아리 되어 가슴을 파고 드~네

평생을 詩바보로 살면서 아름다움 때문에 부대끼면서도 오
매불망寤寐不忘 글쓰기의 악습惡習을 버리지 못하는 시인이여!

유토피아 소설 올더스 헉슬리의 〈멋진 신세계〉에는 지금 우리 시인이 살고 있는 현실처럼 이지러짐과 모자람이 없어 특별히 문인이란 직업이 없다 하지 않습니까?

우리 다 같이 시마詩魔에 시달리지 않아도 되는 그곳으로 이민移民이나 가면 어떨까요?

인생의 불시착

아주 오래전 1989년인가 파리의 리옹Lyon역에서 출발, 무려
시속 300km Train Grain Vitte로 남불 니스Nice역에 도착해서
난 먼저 《야간비행》이란 소설과 《어린왕자》란 동화를 남긴 후
야간비행 중 비행기 추락사고로 숨진 생텍쥐페리가 맨 먼저 생
각이 났네

이륙하기 전 반환점을 설정하고 충분한 연료를 넣는 기본수
칙도 지키지 않을 리 없었을 생텍쥐페리– 그는 결국 돌아오지
못했네

동화 속에서는 불시착이 다른 이야기로 전개되기도 했지만
실제 그의 生에서는 운명의 변주에서 벗어나지 못한 셈이네

예측할 수 없는 인간의 삶, 한 치 앞도 내다볼 수 없다는,
그래서 오늘 이 하루의 삶 역시 더욱 소중할 수밖에 없다는 자
각에 이르네

자문자답 自問自答

1. 지금의 나는 과연 원래 나인가
혼자서 나는 가끔 물어보고 또 스스로 답한다

2. 그 옛날 내가 알고 있던 사람들은
지금 어디서 무엇을 하며 늙어가고 있을까
아니면 죽었을까 살아 있을까
갑자기 궁금해져 어렵게 찾아 전화기 돌려보지만
계속 없는 전화라는 메시지만 들~리네

3. 사람이 세상을 살다가 마지막으로 남긴 상형문자
혹은 문자는 과연 시간이 지나도 영원할까

눈만 뜨면 끝없이 이어지는 혼자서 주고받는 의문에 대한 독
백은 마치 링 안의 선수에게처럼 나에게도 선택을 강요하~네

2부

든든한 친구

실크 머플러

목에 두르면
노~오란
가을 향기 그윽한
오~오라
사~알 짝 목을 간지럽히던
촉감 뒤의 편안함같이

아니
그 편안함 뒤의 쇄락함 뒤의
모~올래 숨어 바로 내 곁에 있었던
그게 바로 우리들의 사랑이었음을

오늘에야
후회하며
다시 차아~ㅈ네
지난 추억을 더듬어
다시 찾아
목에 두~르네

손

내 손은 추운 겨울 밤
부모님 주무시는 구들
차가운 방 아궁이에
장작불 한 번 지펴드리지
못한 부끄러운 아기 조막손

아직도 평생 글을 써온
악습을 버리지 못한 회한의
부끄러운 손

친한 옛 동무들 만나 먼저
덥석 손 한 번 잡아
보지 못한 감추고만 싶은
부끄러운 손

뒤늦게 나이 80 다 지나
이제서야 이미 놓쳐버린
그 사람들 손길 그리는,

어쩌면 바닷가 파도에 떠밀려
기슭에 뒤집혀 하이얗게
허공 향해 그 모습을 드러낸
조가비보다 더 나을 것도
없는 부끄러운 빈손

그리운, 그리운 사람바다
물결이여,

현대판 OK 목장의 결투

나는 지금까지 오랜 기간 모든 원고를 '한컴오피스 한글2014'로 작성해오고 있다

그럼에도 나는 아직 자판기 다루기서 독수리타법을 벗어나지 못하고 있다

그래서 우체국 창구 직원들의 일회성 타자로 전표를 출력해받을 때 오자를 안 내는 그분들을 부러워할 때가 많다

하지만 타고난 기계치인걸 그래서 앞으로도 이를 극복할 수 있는 전망은 거의 불가능 쪽에 가깝다

하지만 내가 매일 쓰는 원고의 성격상 이 방법 외에 의존할 어떤 방안도 없기에 속도는 여전히 느리고 아무리 애를 써도 수정할 데는 많이 생겨 출판사로 송고 후에도 출판사 담당자들에게 한 번도 제대로 시원히 OK 사인 해주지 못해 항상 좌불안석坐不安席의 심정이라고나 해야 할 것 같다

아니, 다른 사람들처럼 컴퓨터 열광증cyber philia보다는 대체로 컴퓨터 공포증cyber phobia을 더 많이 경험하는 편이라고 해야 할지 모르겠다

아니 키보드 자판 찍는 기계음을 마치 서부활극에서 악당들에게 맞서 통쾌한 일격으로 정의를 수호하는 총성으로 인식할 수 있도록 최면이라도 걸어 계속 자신을 설득하는 방법밖에 없을 것 같다

아니 오늘처럼 모니터 화면에 내가 원하는 활자를 확인하는 것을 즐거움으로 여기며 사는 방법밖에는 없을 것 같다.

냄새를 만지다

오래전 나는 오른쪽 눈에 이상이 생겨 수술 후 시력이 약해져 색맹色盲이나 난시亂視가 아닌데도 평상시 후각에 의존하는 경우가 많다

해서 가끔은 나의 이런 식별이 빗나가는 경우도 있기도 하지만 큰 어려움 없이 잘 지낸~다 특히 외출 후 현관에 들어서는 순간 코를 통해 감지되는 부엌 싱크대 쪽 아내의 음식 요리 냄새는 그 양념과 조미료 등을 보지 않고도 신기할 정도로 잘 알아맞~힌다

아니 음식의 식재와 색깔은 물론 그 입체적 형상까지도 아주 잘 알아맞~힌다.

전업주부 이야기

옛적엔 공적인 일에 주력하는 가장인 나를 위해 아내는 비서 업무에서부터 가사까지 전담해 전력을 다했지만 지금은 반대로 투병중인 아내를 위해 내가 전에 아내가 하던 일들-

밥 짓기 설거지 쓰레기 분류까지 도맡아 하다 보니 전엔 전혀 몰랐던 그런 일의 소중함을 뒤늦게 알게 되~네

하지만 가사도우미 없이 아내의 그 기량에는 아무리 힘써 봐도 미치지 못함을 알게 되~네

그래서 나는 아내 곁에 다가가 가사에 한해서는 조수나 문하생일 수밖에 없다고 하니 아내는 빙그레 웃으며 수긍도 부정도 하지 않아 코끝이 찡했~네

아내의 시간
시간 사용법

　지금 아침 식사를 하려고 마주 앉은 아내와 나의 시간은 내가 건강을 위해 밖에 나가 운동에 힘쓰는 동안 반대로 아내는 샐러드 연어 그리고 내가 즐겨 먹는 도토리묵 묵은 김치 등 미리 준비해 둔 식재 등을 평소 익혀둔 솜씨로 요모조모 신경을 써서 만들어 낸 그 시간과 겹친~다

　때로는 여러 조건이 뒤틀리고 맞지 않아 서로 식탁에 마주 앉았으나 서로 민망한 때도 없지는 않았지만

　하기야 이런 모습이 보통은 우리들 인생의 사는 모습이 아닐까 하지만 나의 경우 오늘 이 시간만은 천상天上의 시간 다음가는 그런 지상地上의 행복한 시간은 아닐까 스스로 그렇게 생각이 된~다

　그래 나는 식사 후에 아내가 잠깐 자리를 비운 사이 고맙고 미안한 마음이 앞서 식탁 위 여러 빈 그릇을 모아 씻고 설거지로 도움을 주려고 했지만 정작 아내 기량엔 미치지 못해 많이 아쉬운 생각이 들었다

재발견

코로나 비상에 단골 이발소 못 가 길어진 머리 유난히 신경
이 쓰이는 날 엘리베이터 앞 서성이다 에라! 모르겠다 마스크
쓴 채 난생처음 미장원 이발 끝내고 주인이 비춰준 거울 속
털 빠진 장닭 그 흉한 정수리 뒷모습에 아연실색 인사도 하는
둥 마는 둥 벙거지 모자 푹 눌러쓰고 간신히 가게 문을 빠져
나오다.

앞 차단 투명 유리벽에 꽈당 이마 들이받는, 용하게도 박치
기사고도 없이-.

든든한 친구
아내라는 이름의 변천사

금번 설 명절 마지막 휴일
맹추위에 갇혀 TV 리모컨 손에 쥔 채
이쪽저쪽 채널을 돌려 보며 있었네
바로 그때였네
톡, 톡, 톡, 내 방을 노크하는 소리
식사준비 완료를 알리는 우리 부부만이 익숙한
관행적 이른바 러브 콜!
이윽고 마주 앉은 밥상머리
때마침 내가 차고 있던 손목시계를 보고
아내가 대뜸 하는 말
젊은 시절의 속마음은
아무래도 오늘도 무슨 무슨 핑계로 곧잘
밖으로 나돌던 시절의
불안했었다는 뜻밖의 지난 시절의 잊었던 기억의 소환이었네
그래서 순간 나는 아내의 지난 분기별 생활사가 떠올랐네

— 초년 신접살림 멋모르고 지낸 시절
— 중년 아이들 키우고 살림하느라 겨를 없이 보낸 시절

―이제야 자식들 다 떠나보내고 빈 둥주리 지키며 노경에 들
어 서로 의지하며 보내다 보니 아내라고 하기보다는 세상에 둘
도 없는 친구란 생각이 들었네

행복 대위법對位法

젊어 한 시절은 입에 풀칠하고 먹고살기 바빠 돈 벌기에 대부분 시간을 투자했지만 지금은 시간 벌기에 벌어놓은 돈을 투자하고 있는
말하자면 반전현상으로 전환된 셈이네

아니, 갈수록 몸은 쇠하여 앞으로 기우는데 생각은 반대로 과거로 기우는 것 또한 반전현상이라 할 수 있겠네

나는 이 두 가지 모두 어느 것도 인생의 꽃길은 아니라는 자각에 이르러 근원적인 반전을 다시 시도해 보네

행복 대위법이 그것이네

이른바 일체유심조一切唯心造와 유사한 생각을 바꾸는 방법이네

한정된 내 나이나 재산으로 타인의 행복을 만드는 것은 그 실현이 불가능한 것도 아니니까 먼저 그 선행 사업을 실행 후 관객이 행복해야 그 기쁨이 반대로 자연이라는 감독의 명령에

따라 무대에 선 주연배우 나에게도 그 행복이 전이轉移될 수 있
다고 보기 때문이네

손톱 깎기

손톱을 깎으며 그동안 때 낄까 봐 그래서 남들이 흉볼까 봐 아니, 발톱 깎기까지 그저 무심코 행하던 이 깎기 행위를 오늘 새삼 나는 욕심 깎기라 규정해 본~다

깎아도 깎아도 늘어나는 욕심 깎기란 생각이 든~다

옛날 우리 어머니께서 돌독에 겉보리 넣고 번갈아 저며 주며 시누이와 함께 방아 찧다가 잘려 나간 손가락을 엉겁결에 주워 갖다 붙인 바람에 어긋나 있던 손가락 사연을 그 후 전해 듣고 그 기억을 여기에 소환해 본~다

그 후로도 나는 내내 우리 어머님께서 지금의 나처럼 방바닥에 쭈그리고 앉아서 손톱 깎는 모습을 한 번도 본적이 없다.

무릎에게 무릎 꿇고

그간 유년시절 이후 네발 달린 동물과 달리 직립이 보장돼야 생존이 가능한 엄혹한 현실에서 너를 부리어 이제껏 목숨을 이 어오는 동안 단 한 번도 네게 고맙다는 말은커녕 그게 마치 당 연한 것처럼 여겨온 나는 비로소 무릎 꿇고 이렇게 사죄한다

다른 사람들 모두 잠든 이른 새벽부터 궁금한 것이 떠오르면 그걸 해결하지 못하면 못 참는 타고난 성품과 탐구심 때문에 누웠다가도 곧잘 책상 모서리 잡고 일어나는 동작을 반복하며 수시로 너를 괴롭혔지만

그래도 그런 내 사정을 알기라도 하듯
불평 한마디 없이 지금까지 이렇게 삶을 이어갈 수 있게 해 준 그 은혜 결코 잊지 않겠다 고맙고 고맙다.

3부

내 생애
세 번의 만남

내 어제 꿈꾸던 봄날 하루는

이 땅에 봄은 다시 오지 않을 거라는
무성했던 소문과는 달리 공기 맑고
안온하고 다순해 무심코 밖에 나선
어제 봄날 하루는

복사꽃 살구꽃 피던 무릉도원 내 고향은 실제로
그 옛 시선詩仙의 주변 아닌 내 현실에도 있었네

하지만
단 하루 만에 당국의 미세먼지 경보로 바뀐
오늘 이 춘래불사춘春來不似春의 생태환경에 숨죽이며
이 가운데에서도 살아있는 뭇 생명체들은
시성詩聖 T. S. 엘리엇Eliot 詩 잔인한 4월* 속 생중사生中死
살아있지만 이미 죽어버린 것은 아닐 것이라 믿네

---

* T. S. 엘리엇의 시 〈황무지〉는 '4월은 가장 잔인한 달'이라는 첫 구절로 시작됨.

먹고 대학생

아주 오래전 많이 들어본 이 말을 오늘 아침 아내와 같이한 식탁에서 다시 들었다

어제는 늦은 밤까지 잠이 오지 않아 걱정돼서 수면제 한 알 먹고 잤다는 아내의 사연을 듣는 순간 그러다가 습관성이 되면 어쩌려고 그런가 하고 반문하자 아내는 자리에서 일어서며 그러니까 당신이야말로 "먹고 대학생"이라고 하여 나도 반사적으로 반평생 교수생활을 해온 내게 그런 말이 어디 있소? 반문하자

당신은 내가 해서 차려준 건강식 먹고 자기 집필실로 나가면 그만이지만 음식 담당 주부인 나로서는 걱정이 될 수밖에 없어서 그런 것이란 그런 속내가 있었음을 잠시 후에야 알게 되었다

하지만 알고 보면 오늘 우리 주변에는 먹고 대학생이 얼마나 많은가

원래 자기 조상 덕으로 타고난 먹고 대학생에서부터 능력은

있지만 일자리가 없어 하고 싶은 일 꿈도 꾸지 못하고 안절부
절 어렵게 삶을 이어가는 먹고 대학생에 이르기까지

　생각이 여기에 미치자 사실 나는 아내가 적시한 대로 그중에
서도 새삼 행복한 "먹고 대학생"이란 것을 처음으로 알게 되었다

김수현의 아르바이트

내가 자주 이용하는 내 사무실 아래층 편의점에 들어서니 오늘은 낯익은 점주 대신 언뜻 배우 김수현 닮은 한 젊은이가 카운터를 지켰다

나는 대뜸 "김수현 씨가 웬일로 여기에?" 했더니 이 젊은이는 아르바이트생이라고 환하게 미소로 대꾸했다

나는 잠시 필요한 물품들을 바구니에 담아 계산대에 올려놓으며 이어서 다시 바로 젊은이가 곧 우리의 미래요 희망이라고 말했다

다른 손님이 들어와 미처 하이파이브까지는 못했지만 짧으나 긴 여운이 남는 아침나절 일하며 즐긴 한순간 나에게는 오늘 같은 하루가 있어 마냥 편안하고 즐겁다.

새벽을 깨우는 소리

　오전 여섯 시 영하권 한파로 아파트 베란다 창문까지 성에로
유난히 침침한 이른 새벽녘 주방 쪽에서 들려오는 죽비소리

　탁~ 탁~ 탁~ 탁~

　내 탓이요 내 탓이요 성찰의 소리인가

　탁~ 탁~ 탁~ 탁~

　네 탓이요 네 탓이요 질타의 소리인가

　(알고 보니 아내가 출근할 내 도시락 반찬 만드는 소리였지만)

　(.........................?.........................)

내 생애 세 번의 만남

1. 청소년기 책들과의 만남
2. 장년기 아내와의 만남
3. 내 밖의 세상과의 만남

이 세 번의 만남은 내 삶의 거점이 되어
마치 우로보로스의 뱀처럼
꼬리에 꼬리를 물고 원을 그리며 현재도
역동적인 관계로 내 가족과 공동체의 삶,
아니 글로벌 톨레랑스에 맞물려 돌고 돌아
이 담시譚詩는 〈류근조 생애연구〉 기초요약문이라

누구나 평생을 같이한 부부라고 한다면

나의 경우 50여 년 전 내 아내를 중매로 만나 현재 1남 3녀의 가장家長이 되고 나서는 스스로 가끔 내 삶의 무게를 저울질하는 시간에 머물며 성찰의 시간을 갖기도 한다

타인들은 듣기 좋은 말로 자식들 모두 잘 키워 성공시켜서 좋겠다고 칭송하지만 성공여부는 자식들 각자 마음속에 있는 것이지 부모가 그 평자의 가늠자를 좌우할 수 없는 것처럼 우리 두 부부의 살아온 삶 역시 소위 속궁합 겉궁합 모두 잘 맞아 지금에 이르렀다기보다는 아직까지도 잡은 손 서로 놓치지 않고 서로를 바라보며 아끼는 그 절실함이 곧 마지막 생의 성패를 좌우하는 기준이 돼야 하지 않을까

그간 우리 부부 서로 만나 숱한 장애물경기 펼치며 녹록지 않은 삶을 이어온 결과로 얻어낸 행복한 인생궁합은 아닐까 스스로 정의해 보는 이 순간 마침 한줄기 밝은 햇빛을 타고 시원한 바람이 분다.

삶의 승자가 되려면

현재 대선을 앞두고 정치권에선 여야 모두 힘겨루기가 눈물겹다 그러면서 당구撞球경기에서 쓰리쿠션이란 말을, 아니 라틴어 코기토 에르고 숨Cogito ergo sum 오래된 어느 철학자가 말했다는, 나는 생각한다 고로 존재한다는 좀 오래된 말도 잠시 소환해 본다

하지만 이 이 모두의 의미를 괄호 안에 가두고 삶의 이치에 대하여 여기까지의 내 생각을 정리해 보라면 다음과 같이 요약하겠다

세상에서 승자로 살아남기 위해서는 물론 다양한 셈법이 있겠지만 거짓보다는 우직함을 우직함보다는 부드러움을 그래서 나그네 외투 벗기기 싸움에서 힘자랑하던 바람이 따뜻한 미소로 이글거리며 스스로 나그네가 자신의 외투를 벗게 했다는 우화寓話처럼 그 이치의 우월함을, 아니 곱셈 뺄셈 같은 것 단순한 방정식보다는 고정관념에서 벗어나 창조적 스마트한 상상력의 힘을 우선시하라.

四月을 주제로 한 데포르마시옹

김기림의 바다*와 노천명의 라일락 꽃길** 사이

현실과 낭만 사이 세대가 서로 다른 그 두 시인과 시인 사이

그 두 시인이 세상 어디에도 없는 이상향을 찾아 어디론가 떠난 이 텅 빈 2020년의 이 시공간時空間 또 다른 3월과 5월 사이

익숙하고도 낯선 4월의 연초록색 푸르름과 마주하여 지금 나도 어디에도 없는 이상향을 향해 떠날 채비로 그 오래된 미래에 대비해 고별식 계절과 인터뷰를 갖~네

그동안 이 눈부신 계절의 아름다움을 처음 느껴 행복하며, 잊을 수 없노라고—.

* 김기림의 시 〈바다와 나비〉에는 3월 달 바다(현실)에 그것을 모르고 꽃밭인 줄로 알고 내려갔던 공주(나비)가 지쳐서 돌아온다는 내용이 있음.
** 노천명의 시 〈푸른 오월〉에는 라일락 숲에 젊은 꿈이 나비처럼 앉는다는 내용이 있음.

내 마음속 별 하나

아, 그립다 그 옛날 한 소녀 얼굴
나의 모습 위에 오버랩overlap되며
별빛 속에 살아 숨 쉬네

한데 어우러져 살아서 음률로
추억의 앨범 속에 흐르고 있~네

오늘처럼 스산한 가을바람에
낙엽 흩날리는 거리를 거닐며
마음속 나의 턴테이블turntable에
얹어 듣고 있~네

영원한 찰나刹那(still point)에 가둬
비로소 끝남 없는 추억의 시간 속에
점點 하나로 남기고 있~네

돌아오지 않는 흐르는 강물을 사이에
두고 앉아 다가앉고 싶지만 다가앉지

못한 채 서로 마주 보며 흐르는 강물의
일렁임 속에 서로의 그림자를 드리우고
너와 나의 젊은 한때 그것이 고통인 줄도
모르고 고통과 함께했던 별처럼 눈부신
사랑의 뒷모습을 이제야
비로소 보게 되~네

목숨의 빛
빈센트 반 고흐에게

무명시절 당신의 조국 화란에서 자신의 귀를 자를 만큼 광기 어린 화심으로 그림을 그리다가 프랑스에서 팔린 단 한 점 포도밭 그림 덕으로 매일 허기를 포도주의 힘으로 버티다가 결국 당신은 파리에서 당신의 목숨을 위장병과 바꾸었다

만약 그게 아니었어도 사후 지금처럼 당신의 많은 그림들이 그 광휘를 발할 수 있을까?

나방이가 고치 속 어둠의 속박 없이 날 수 없고 올빼미가 한낮을 견디는 기다림의 시간 없이 어둠 속에서 그 현란한 시력을 회복할 수 없듯이

당신의 목숨의 잔에 당신의 타지 않은 생명의 기름을 남겨 놓고도 오늘처럼 당신의 별이 밤하늘에 빛을 남길 수 있었을까

밤하늘에 별처럼 빛나는 목숨이여

한국 시사에 빛나는 큰 별

시인詩人 이인석李仁石

서기 1917년 황해도 해주에서 태어나 광복 직후 월남, 문단 활동을 하다가 1979년 11월 3일 서울 후암동 자택에서 타계他界 하신 시인 이인석 선생은 지금도 내 안에 살고 계신다

얼마 전 선생이 누워 계신 장흥 공원묘지를 다녀온 후로 향년 85세의 미망인 임현보林賢甫 여사와 이따금 통화하면서 그리고 그분이 남기고 가신 명편名篇들: 초기의 〈우렁찬 노래〉, 〈해녀의 노래〉, 〈강서고분벽화〉, 〈문학산 근처〉와 중기의 〈용龍〉, 〈시간〉과 말기의 〈시인과 전기난로〉, 〈이순耳順의 매춘녀賣春女〉를 음미하면서

그리고 유고遺稿시집 곳곳에 어린 전후 현실에 대응한 그분만의 지사志士다운, 학생들의 리포트와 아울러 시집 원본을 통해 새삼 다시 확인하면서

그분의 윤리적 준거 그 자체 시로써 남긴 민족 분단 등 통한의 유지遺志를 결코 잊을 수도 덮을 수도 없어 시인 이인석 선생은 지금도 내 안에 살고 계신다.

4부

책과 나 사이

어떤 이별을 위하여

나와 함께 평생을 함께한 책들!

새삼 오늘 경건한 마음으로 껴안고
머지않아 닥쳐올 이별을 생각하며
새삼 목이 메~이네

오랜 기간 나를 도와 쓰고 싶은 詩는 물론
학술 연구를 도와 교수생활도
지탱하게 해준 이 고마운 나의 반려자들!

어찌 헤어질까 생각하니 목이 메~이네

해질녘 노을 진 바닷가에서
오늘따라 새삼 뒤를 돌아보지 않으며
산등성이를 넘어 멀리 날아가는 새떼들을
바라보며 마지막 이들이 사라진 후의 적요寂寥를
떠올려 보네.

내 서가의 붕대 감은 책들

내 서가의 붕대 감은 나와 함께 운명을 함께한 책들은 모두 삶의 야영장에서 나를 지켜준 전사戰士들로서 나로서는 이 책들을 내 목숨과 같이 좋아하고 사랑한다

하지만 이들 중에서도 유독 내 마음을 끄는 책 세 권이 있다

1. 문세영, 《국어대사전》
2. 이양하 · 권중휘 편, 《포켓 영한사전》, 민중서관
3. Oscar Williams 편, anthology, *Immortal Poems of the English Language*

첫 번째는 고교 시절 한글날 기념 교내 백일장의 장원 상품이고

두 번째는 부친께서 여행 중 사서 특별히 영어 실력의 중요성을 강조하시며 주신 선물이다

세 번째는 청년 교사 시절 한국에 평화 봉사단Peace Corps로 파

견돼 나와 하숙을 같이했던 제프리 B. 개디스Geoffrey B. Gaddis라는 미국 청년이 귀국 후 특별한 후의로 보내온 선물이다

그런데 내가 지금까지 살아오면서 너무 많이 이 책들을 애용해 오다 보니 이제는 더 이상 부스러지고 망가지기 직전이라 투명 유리 상자 안에 넣어놓고 오다가다 눈 맞춤하며 지내지만 어느 시점에 가서는 내 하관식下棺式에서나 내 가슴에 안기게 될지도 몰라 가끔 눈시울이 뜨거워질 때가 있다.

처음 꾼 책 꿈

밤 자정 너머까지 TV 특집 프로를 시청하다가 요즘 몇 달째
평생 모은 책 더미에 가위눌리며 예서 헤어나려 백정의 독한
마음으로 서가 한 귀퉁이에 숨어있는 책들까지 꺼내 박스에 담
다가 그 자리에 쓰러져 잠이 들었네

꿈에 천정부지의 높이로 쌓여 있는 책들을 다른 관객들과 돌
아보며 지금의 내 서가의 책들로 보이는 책들이 눈에 들어왔네
그래서 나는 옆의 한 지인에게 이 책들을 설명하다 그만…

하지만 한쪽으로만 새우잠 잔 탓에 저절로 깨어나 지금은 한
쪽이 마비 결리는 어깨를 주무르고 있네

그간 악몽 미몽迷夢 용꿈 개꿈까지 안 꿔본 꿈 없지만 오늘처
럼 일회성 완결판 단막극으로 끝난 책의 꿈은 처음이라
혹 귀신도 보인다는 나이라서 그런 거 아닌가 사알짝 겁이
나기도 하네.

책과 나 사이

오래 책과 애환을 같이해온 세월
오늘도 서재의 서가에서 한순간
책 더미에 갇혀 고심하다가
일심동체란 말이 떠올랐지
아직도 한마음이 되지 못해 생긴
근심이라는, 아직도 책 사랑이 부족한
때문이라는, 생각이 떠올랐지

그래서 앞으로는 항상 감사하면서도
어루만지며 지극정성으로 책을 대하면
오히려 책이 이러한 나를 염려해 구해줄
것이란 쪽으로 생각을 바꾸기로 했~지

아니나 다를까 그랬더니 "진즉 그럴 것이지"
묵언의 책들의 웃음소리 여운 속에 실제로 문득
모든 책들이 가까이 다가와 손을 내밀며 친근하게
일심동체가 되는 그런 편안한 사이로 변했지

나의 인생 무대 연극론

지금 상황에서 내가 맡을 배역도 있기는 한 걸까

로마황제 안토니우스는 자신의 《명상록》에서 인간은 자연이 감독 역할을 하는 세상이라는 무대에서 단지 그 명령에 좇아야 하는 일개 한 배우에 지나지 않는다는 명언을 남겨 지금도 뭇 사람들의 입에 회자되고 있다

나는 요즈음 한 방송사의 드라마를 시청하면서 당연히 작가가 집필한 시나리오 대본 그대로 카메라 감독 연출가들의 협업에 따라 과학과 예술의 트기(잡종)로서 종합예술로서 우연성이 아닌 필연성으로 만들어져 안방의 나와 같은 시청자들과 조우하게 된 과정을 누구보다도 잘 알고 있다

그럼에도 나는 이 드라마의 매력이 끌려 보면 볼수록 이런 제작과정을 모르는 사람처럼 배우들의 연기에만 몰입하게 돼 가끔 나도 저들 같은 배우가 되고 싶다는 생각을 해볼 때가 있다

인간은 누구나 피에로-. 얼굴에 가면을 쓰거나 분칠을 하고 극단의 트럼펫 소리에 맞춰 춤을 춰야 하는 역할에 비유되기도 하지만 실제로 이 팔순八旬도 넘은 나이에 나도 실상은 인생의

무대에선 엄연히 현역 배우인지라 로마황제가 말한 대로라면
과연 내가 맡을 배역도 있기는 한 걸까

　나는 나를 무대 위에 세워 조연 혹은 주연 그 어떤 배역이든
가리지 않고 이제라도 있는 그대로 투영해 보고 싶다.

나의 인사법

내가 요즘 제일 많이 사용하는 말은 "Thank you!" 아니면
"Sorry!"인바 이 경우 우리말보다 속도감이 있고 이 의미 안에
머물지 않고 빨리 다음 단계의 평상 상태를 유지할 수 있다는
나름의 판단 때문이라고 할까

또 이와는 달리 감동할 만한 의미의 좋은 일 앞에서는 감정
을 즉시 표현하기보다는 이를 지그시 누르고 오히려 웃음과 눈
빛으로 그 지속시간을 늘리려 애를 쓰는 편이라고 할까

하! 그렇지만, 이런 경우가 아닌 살아가다가 어쩌다 감당하
기 힘든 일이라도 생기는 날에는 그때는 이에 걸맞은 다른 상
대가 아닌 바로 내가 내 자신에게 해야 할 인사법이 필요할 터
인데
정작 이때 그 말이 떠오르지 않아 말문이 막힌다면

알고 보면 인생살이란 결국 인사법을 배우다 마치는 그런 셈
이 아닐까.

오늘이란 새날의 실체에 대한 의문

매일 살아도 어제와 다른 오늘을 살아도 여전히 아쉬움은 남~네

그래서 조물주께서도 원래부터 의도해서 다시 살고 싶게 욕망하도록 설계하신 삶이 오늘의 우리들 삶인가 의심해 보네

그래서 다시 살고 싶은 어제와는 다른 오늘의 삶이 어제에 이은 또 다른 오늘의 삶이라고 한다면 아무리 오래 살아도 나에겐 새날은 오지 않으리라는 이 회의에 절망하네

하지만 갈수록 허전한 이 삶의 실체의 불변의 가치를 순금 같은 물질적 등가等價의 가치로라도 환산할 수라도 있다면 그나마 조금은 위안이 될 것 같기도 하~네

그 근거는 화장장의 주검을 불태워 원래의 물질적 고향인 흙으로 보내는 의식에서조차 망자의 생전 치아에 붙였던 금붙이는 다시 수거되어 산 자의 몫으로 돌아가는 것만 보더라도 말~야

낙엽落葉 지는 거리에서

바람에 휩쓸려 나뭇가지를 떠난 낙엽들이
이리저리 흩날린다
떠나온 곳은 이미 안개에 가려 보이지 않는다

11월의 마지막 밤

나는 옛날 머물던 그 자리로 돌아왔지만
나는 그 안에 없다

이제 그 안엔 공허空虛보다 낯선 소멸을 대신해
전처럼 또 다른 여음餘音들이 채워지리라

알 수 없어요

요즘 내 마음은 왜 이래
이래도 저래도 마음은 허전하고 슬프기까지 해 초식 육식 날
생선 말고는 모두 잘 먹으며 건강하다 하지만 무슨 일이 잘돼
도 못돼도 왜 이리 마음은 슬프고 허전하기만 한가

아니 혹시 이승을 하직할 일이 그 이유라면 그 후일은 아무
도 알 수 없거늘 그간 미리서 잘 살고도 욕심이 많아서 그런
거 아닌가

사실 백석白石이나 지용芝溶같이 명시名詩 남겼거나 〈보리밭〉의
작곡가 윤용화도 사후에는 그 명성 아름다움과는 달리 거적송
장 신세로 사라졌다 하거늘 그 일이 내 일로 여겨져 그러한가

그리고 내가 알고 지낸 우리 가곡 〈비목碑木〉의 작사자 한명
희는 요즘 그 어운 연작連作을 시도하고 있다 알려져 있지만 그
렇다고 그 일이 내가 느끼는 마음과는 똑같지는 않을 것이거늘

요즘 내 마음은 왜 이리 슬프고 허전한가 알 수 없어요

묘비명墓碑銘에 관한 소견所見

일요일 아침 샤워를 하고 모처럼 상쾌한 기분으로
이리저리 서성이고 있을 때
때마침 걸려온 반가운 전화벨 소리
이윽고 들려온 친구 R 교수의 나직한 음성

당신이 내 회갑 때 써준 축시祝詩 그 詩 마음에 들어
고향 우리 선친 묘역墓域 한 귀퉁이
사후 내가 묻힐 자리 미리 정해 그 둘레석에 새겨
작은 흔적이나마 남기고 싶은데 동의해 주겠나?

이 말을 받아 전화통에다 대고
내가 무심코 건넨 말
그럼 당신 묘비墓碑가 내 시비詩碑가 되겠구먼!

잠시 결단과 여유와 한숨이 교차하는 순간
나는 더 이상 물러서거나 농담이나 할 마음의 여유도
없어졌다

생전 처음 느껴보는 정체불명의 조급증 같은 그런 느낌
이것은 또 무엇인가.

나의 묘비명墓碑銘

이승에서 못다 한 사랑의 세월
그리움은 님을 위해 천국 계단
한 방울 영롱한 눈물로 새기리

이름

오랜만에 필묵함 열어
화선지 펼쳐 놓고
무릎 꿇고 공손히 벼루에
먹을 갈아 골고루 붓을 적셔
오롯이 정신을 모아
내 이름 석 자를 적어본다

왠지 익숙하면서도 낯선
어디서 많이 본 듯하면서도
어쩐지 낯선
여인의 모습 같기도 한
내 이름 석 자

앞으로도 살아갈 날들과 함께할
유일한 내 운명

푸근한 갈모의 연정

유서 遺書

일주 내내 집과 집필실을 오가는 개미 쳇바퀴 도는 생활을 하다가 지겨워 특별한 일이 없는 한 나는 일요일엔 집에서 화분 가꾸기도 하면서 쉰~다

하지만 하는 일도 없이 그냥 쉰다는 것은 말처럼 그리 쉽지가 않다 그래 평소처럼 조명을 밝히고 책상 앞에 앉아보지만 신문도 없는 날이어서 읽을거리도 여의치 않아 더러 자식들에게 남길 유언도 생각해 보기도 한~다

뿌리가 깊은 나무는 바람에도 흔들리지 않아
꽃이 좋고 열매도 많이 열리느니
샘이 깊은 물은 가뭄에도 마르지 않아
마침내 내를 이루어 바다에 가느니(용비어천가)의 내용을 직접 화선지에 먹을 갈아 붓으로 써본 적도 있다

하지만 이 유서에 대한 내용을 그 범주를 새삼 오늘은 더 넓혀서 생각해 본다

지렁이가 땅에 남기는 자국에서부터 한 시인이 영혼을 바쳐 쓴 한 편의 조국과 민족의 독립을 상징하는 절의시節義詩는 물론 인간 개개인의 삶 자체가 모두 한가지로 모두 유서가 아닐까 하는 그런 생각도 해 본다

이 세상의 모든 미물은 물론 만물의 영장이라고 하는 인간에 이르기까지 언젠가는 생을 마쳐야 하는 시점을 넘어서는 순간 굳이 문자가 아니더라도 그가 살아온 흔적 자체가 유언이라고 생각해 본다.

마지막 편지

나는 올 추석명절을 도심에서 벗어나지 못한 채 옛날 다음 해 파종을 위해 처마 벽에 씨앗 봉지를 걸어둔 고향집 기억을 떠올려 본~다

아울러 한생을 같이했던 이승의 공간을 공유했던 모든 시절 인연들에게도 이쯤해서 편지를 쓴~다

오 헨리의 단편 〈마지막 잎새〉의 노화가가 폐렴에 걸려 신음하며 창밖의 잎새가 다 떨어지면 자기도 죽을 거라는 젊은 무명의 화가 존시를 자신의 일처럼 여겨 그 생명을 유지한 것처럼 나도 내 생애를 다음 세대에게 넘기는 담담한 마음으로 진심을 담아 짧은 이 편지를 쓴~다

민들레 꽃씨 여행처럼 그 끝 뿌리내린 데는 알 수 없지만 그 꽃씨들도 어딘가에 안착해 계속 그들의 시절인연을 이어갈 것이다

뒤돌아보지 말자 스스로 다짐해 보지만 아파트 뒤 베란다 창문 사이로 아름다운 저녁노을을 등지고 멀리 북쪽으로 날아가는 철새들의 편대비행이 오늘따라 어찌 그리 처연凄然하기만 한가.

말의 힘

요즘 한국은 대선을 앞둔 시점에서 말의 진정성이 쟁점이 돼
후보들의 말들의 각축장이, 아니 심하게 말해 난장판이 돼 가
고 있다는 느낌이다

그런데 여기서 어떤 부부가 나눈 대화가 생각이 난다

먼저 남편이 내 발이 너무 커서 도둑놈 발 같아 창피하다고
하자 이어 부인은 당신 발이 그만큼이나 커서 우리 가족들을
먹여 살린다고 화답해 옆에 있던 다른 가족들도 함께 박장대소
했다는 그런 사연.

침묵의 힘

故 법정 스님은 생시 어느 칼럼에서
침묵은 수신을 위한 법어 자체로서
묵언 그 자체에도 의미가 있겠지만
때로는 웅변 이상의 힘을 지닐 수
있다고 했다

그리고 최근 최동호 시인이 그의
詩 〈혀의 침묵〉에서는 말하지 않고
다물고 있는
혀의 침묵보다 더
큰 입은 지상에 없다

분노한 힘이 감아올린 혀는
하늘에
닿아 있다고 했다.

내 마음의 풍정風情

　이른 아침 출근길 강남 삼성 본사 B/D 소위 뉴욕판 강남 타임스퀘어 실루엣 전자판 광고가 잠시 스치듯 바뀌는 광경을 차창 앞 유리를 통해 내어다보며 나는 세상 자극적 관심사를 한 관계망에서 읽는다

　새삼 그 광고들의 영향력과 나와의 관계도 계산해 본다

　나아가 그 설치 B/D 건물주의 이익과 광고주와의 이익 배분율도 생각해 본다 한순간도 멈출 수 없는 도심권 생활자로서의 내 자신의 서글픈 자화상도 함께 본다

　아니, 링 위의 선수가 되어 링 안에 내 오늘의 삶을 통째로 올려놓고 본다

　아니, 매일 매 순간 집중적 긴장을 강요당하는 "관계 = 인간"을 부정할 수도 긍정할 수도 없는 새삼 내 마음의 풍정風情을 읽는다

5부

고향 가는 길

거대 질문

도스토옙스키의 소설 《악령悲靈》이 아메리카의 팍스(그리스 신화의 평화상징 여신)를 앞서 일상日常을 밀어내는 그런 악순환으로 이어지는 형국의 미세먼지 불사춘의 한국의 이른 아침

조간신문 특호활자 = 며칠 남지 않은 어제 대선 사전투표 집계 777만이 유난히 눈에 들어왔지만 나는 늘 하던 습관대로 도시락 혼밥 가방 담긴 가방 둘러메고 내 스페셜 공간 집필실로 향한다

스스로 살길 찾아 아무렇지도 않은 듯 콧노래 부르며 랄랄라 웃다가 울면서 마음을 추스르며~.

고향 가는 길

새해 설날 연휴 첫날 새벽 이 무렵
문득 시린 달빛이 고향집 앞뜰에 가득하던
유년시절의 기억을 떠올려 보네
오늘 이른 새벽부터 고향 향한 도로 위의
끝없이 이어진 차량들의 불빛을 보네

하지만 환기를 위해 창문을 여는 순간
사방의 고층 유리창 아파트 불빛이
나를 에워싸고 즉시 회상의 창문을 닫으라고
무언의 압박을 하네

이제 아무리 둘러봐도
전에 그토록 총총하던 고향에서만 보던
그 별빛은 보이지 않네

한때 여름이면 피톤치드를 머금어
건강에 좋다는,
우리 부부 함께

청계산 둘레길 걷다 지칠 때면
잠시 호숫가 풀밭에 앉아
잦아든 물도랑에 갇혀 목말라 뻐끔거리던
올챙이들의 입모양도 떠올려 보네

잠시 힘겹게 도심의 빌딩 숲속에서의
탈출을 시도해 보네

네모난 생각

이른 아침 산책길
사방의 고층 아파트 벽에 갇혀
잠시 벤치에 앉다

그 네모난 공간을 통하여
문득 아스라이 높다란 하늘을
올려다본~다

새하얀 새털구름
그 시원한 느낌도 잠시
다시 네모난 공간에 대한
생각에 머문~다

네모난 생각을 멈추지 못하는
과연 나의 삶은 안녕한~가

어린 시절 추석날 밤하늘에서 보던
둥근 보름달의 그 둥근 이미지를

아직도 가슴에 품고 사는,
나만이 지닌 관성 때문인가

문득 나는 시골소년이 되어
고개를 갸우뚱거리며
다시 귀갓길 계단을 오른~다

홀로 섬

지구 어디에도 없는
내 안에 자리 잡아
기약도 없이 외롭게
떠 있는,
때로 무지개도 뜨고
기나긴 방랑 끝에
나그네의 슬픔과 기쁨을
체험한 헤세의
흰 구름도 흐른다

아직 단테의 《신곡》 지옥 편은
체험해 보진 못했지만

그래서일까
아직도 내 마음은 한가득
별빛 모아 그 빛줄기
-타고
은하수 끝 홀로 섬에 닿을

-때까지
이 날갯짓은 그 꿈은
결코 멈추지 않으리.

시계時計를 멀리하고부터

팔목에 매고 철들면서 평생을 의존해 오던 시계를 깜박 잊~
고 집에 두고 외출한 날 아침
나는 난생처음 편안한 자유 속에 안겼다

환청인가 하얗게 시계 자국만 선명한 왼쪽 팔목은 이런 노예
해방을 실천한 나에게

"주인님! 감사합니다"

이런 말들의 소곤대는 표정도 듣고 본다

그래서 이제껏 타임 테이블 위에 놓여 나를 지배하던 시간의
통제를 벗어나 영혼까지 자유를 얻은 느낌도 드는, 이전엔 경
험해 보지 못한 이 편안한 느낌!

나는 이제 외출 시 운전석에 앉아서도 결코 시계는 볼 일이
없어졌고 마음의 내비게이션에 실려 황색 선을 넘거나 안전거
리나 제동거리를 벗어나지 않아도 된~다

나아가 미수米壽를 바라보는 나이에도 결코 조급해하거나 지난 세월을 아쉬워하지도 않게 되었다

물론 어느 수도승이 "인생은 꿈속의 꿈"이라고 한 설법에도 얼른 동의同意하지 않는 입장이다

지금 나의 시간은 깊은 골짜기를 조용히 흐르는 강물의 높은 음자리표요 거센 물줄기를 타고 오르는 건강한 숭어 떼가 빚어내는 아름다운 무언의 심포니 그 선율과도 같다

시간 속에 있으면서도 시간을 벗어난, 어찌 보면 타임머신의 조종간을 쥐고 있는 듯한 이 자유여!

미스터 가을

이 땅을 아주 떠났을 거라는
소문이 무성하던 당신이
오늘 다시 감나무 가지에 홍시 몇 개 매달고
불현듯 나타나니
너무 반갑소

한여름 내내 어느 외딴 곳에 홀로 숨어 지내다가
선들바람 따라 고추잠자리 떼 등을 타고
잊지 않고 이 땅에 다시 찾아왔는가

노랗고 붉은 색 잎맥도 선명한 멋진 넥타이까지 매고
아스라이 높은 푸른 하늘을 머리에 인 채

웃으며 손사래 치며
손사래 치며 웃으며

어이 반갑지 않으랴

가을 소묘素描

　지금 나는 며칠 전 경기 양평에 산다는 아내 한 친구가 보내
온 2개 BOX 중에서도 홍시紅柿 되기 전 가장 커다란 연꽃 모양
의 단감 한 개를 햇빛 맑은 창틀 위에 올려놓고 마지막 이 가을
과의 결별訣別을 위하여 아니, 내 마음의 소묘를 시도해 보네

　나름 매일 쫓기듯 삶을 이어가는 이 수레바퀴의 생활권에서
잠시 벗어나 처음으로 마음의 풍요를 가져다준 이 순간을 놓치
지 않고 마음에 담아두고 싶다는 일념一念에서네

　어릴 적 고향에서도 흔히는 볼 수 없었고 가끔 TV 화면 농장
에서나 볼 수 있었던 그런 커다란 단감이 시방 내 마음의 농장
에도 주렁주렁 매달려 있~네

6부

넝쿨장미에 대한 의혹

고백 告白

간혹 TV 프로나 주변에서 임신부를 보면서도 나는 왠지 4남
매를 낳아 키운 아내의 배 불룩한 모습이 떠오르지 않~네

그래 아내에게 물어보면 즉시 알 수 있을 것을 솔직히 그것
이 말이 안 된다고 생각돼 감히 묻지 못하~네

아니, 그것도 모르는 당신이 아이들 아버지라고 할 수 있겠냐
는 아내의 가장에 대한 실망과 반문이 두려워 망설이고 있~네

아니, 속으로는 아이들 낳아 잘 키워내 살림까지 도맡아 그
간 고생해 온 아내에게 면목이 없어서 그렇기도 하~네

아니, 내 스스로도 아내에게 너무 무관심했던 지난 세월이
부끄러워 도둑 제 발 저리는 식의 죄의식 때문이라고 할 수
있~네

시집과 신문 번갈아 읽기

오늘 새벽 늘 3시면 배달되던 신문이 오지 않아 오래 기다리다가 지루해 서가의 시집들을 찾아 읽다가 배달사고 전화로 연락 다행히 신문을 뒤늦게 받고 시집 대신 다시 조간신문을 여러 기사들을 집중해 읽었~네

이 과정을 통해 나는 하루의 일상 중 시집의 정서적 기능과 함께 신문을 통해 현실적 인식도 동시에 필요하다는 사실, 곧 삶의 양면성과 그 길항拮抗적 관계도 새삼 알게 되었~네

나아가 이러한 양면성의 관계는 어찌 여기서만 그칠 것인가도 곰곰이 헤아려 보니 이 원리가 우리의 삶 전반에 걸쳐 그 의미망을 형성하고 있음도 포착할 수 있었네

아니, 보다 중요한 것은 너와 나의 대립은 곧 상통과 화해를 전제한다는 사실이 바로 그것이네

촉觸에 대하여

나와 50년 지기인 아내는 오늘 아침 무심코 중얼거리듯 "그러면 그렇지 내 촉觸이 맞았지" 어떤 내용인지는 몰라도 자신의 일 처리에 이게 기준이 돼서 도움이 됐다는 회심의 미소를 짓는 모습을 우연히 옆에서 보았다

그래서 나는 직업근성이 발동돼 이희승 국어사전을 펴서 그 뜻을 "① 주관과 객관이 접촉함 ② 물건에 닿아서 작용하다"로 확인할 수 있었다

나는 이를 근거로 그간 난蘭을 길러본 경험에서 정성 들여 가꿔온 난이 어느 날 새싹이 돋고 봉오리 지어 꽃이 벙글던 그 경이로운 순간의 내 촉의 의미를 새삼 떠올려 보며 마음 뿌듯 힘을 실감했다

한편 어느 누구 어느 경우에도 불행하게 각자 지닌 이 촉의 기능이 망가진다면 그로 인한 혼란으로 야기될 삶에 드리울 그 무서운 그 역작용에 대해서도 생각해 보며 새삼 소름이 돋는 느낌이 들었다.

역병疫病에 대하여

알베르 카뮈의 《페스트》

오래전 알제리에 흑사병이 창궐하는 시대적 배경으로 펼쳐
지는 가공할 절망적 상황을 설정하여 이에 대응하는 각양각색
의 인간 군상들을 내세워 이를 극복할 수 있는 방법은 오직 "정
직밖에 없다"는 것을 보여준 작품으로 유명하고 실제로 소설이
라기보다는 현실 그 자체라고 작가 스스로 갈파했음도 우리는
잘 알고 있다

대강의 줄거리는 다음과 같다

어느 날 알제리 해안의 오랑시에 갑자기 흑사병이 만연 도시
전체가 죽음의 늪에 빠진 가운데 신부 파늘루는 이를 두고 신
이 내린 징벌이라고 하는가 하면 이를 틈타 암거래를 시도하며
이 역병이 끝나지 않기를 바라는 모리배도 등장한다
　뿐만 아니고 어떤 이는 성문지기를 매수해 탈출을 시도하기
도 하는 와중에 외국인 랑베르 기자는 의외로 이를 포기하며
역병퇴치에 합심하기에 이른다

이런 가운데 주인공 리유는 스스로 의사 직분에 충실하며 이

역병과 정직하게 싸워 나가고 마침내 오랑시는 다시 본래의 삶의 빛을 되찾는다는 반전이 그 내용의 전말이다

　문제는 지금 이 코로나 위기시대를 살고 있는 우리도 이 소설이 갖는 의미에서 누구도 자유로울 수 없다는 사실이다

　이 소설이 개인, 정부, 기업, 사회, 우리 시대 구성원 모두에게 던지는 엄숙한 의미의 메시지는 과연 무엇이겠는가.

어둠을 밀어낸 빛

　어느 날 갑자기 나는 평생 너무 긴 날을 거침없이 살아오다
가 전신이 마비된 몸으로 수술대 위에 눕혀져 전문의의 집도에
생사의 주도권을 맡기는 처지에 놓일 수밖에 없었~네

　그리고 보호자는 수술 중 어떤 사고가 발생해도 의사는 "책
임을 지지 않는다"는 서명까지도 같이 했~네

　정확하게 160cm의 신장과 56kg 체중이 합산된 내력이 그동
안 내가 살아온 삶의 수치로 환산되어 장시간의 생사를 간음
할 수 없는 아주 난이도가 높은 수술 후 의료진의 손에 들려
속수무책으로 마치 마취되어 감각이 없는 타인의 몸이 되어
회복실의 침대에 의식은 또렷한 채로 회복실 침대로 옮겨져
눕혀졌~네

　그리고 나와 함께 그 길고 지루한 시간을 숨죽이며 나를 지
켜준 나의 혈육 나의 장녀(의료전공)도 그 옆에 있었~네

　그리고 이 천신만고 끝 합심으로 마침내 다시 회복되어 덤으

로 얻은 내 인생의 이정표 앞에 비로소 온전한 목숨으로 벗어
나 지금 여기 빛이 보이는 출구에 서있네.

외로움과 함께 걷기

불안과 두려움의 본질이 서로 달라 전자가 철학적 존재에 대한 같은 것이라고 한다면 두려움은 보다 구체적인 위협적인 성향의 것이라고 해야 할지 모르는 것처럼 그리움과 외로움은 본질적으로 달라도 많이 달라

그리고 〈헌화가獻花歌〉에 나오는 노인처럼 사랑을 위해 삶 자체를 저당 잡아 쾌락원칙을 지향한다 해도 인생에서 삶을 구속하는 외로움의 원리도 본질적으로는 달라도 많이 달라

그래서 모처럼 공기 맑고 쾌청한 이 봄날 안타깝게도 한평생 삶의 고비마다 손잡고 서로 뒤에서 밀고 앞에서 끌던 소중한 정분의 인맥들 잡은 손 다 놓치고 꽃 편지 풀내음 담아 정성 다해 쓴 편지 주소 몰라 부치지 못하는 심정으로 혼자서 이 이승의 봄 길을 외로움과 함께 걷~네

김용익金溶益의 소설에 대한 소견所見

 전 한국문학사를 통틀어서 아니 내가 지금까지 읽은 그 많은 명작들에 대하여 나는 조금도 그 미학적 수용에서 오는 그 감동과 전율을 조금도 폄하하거나 놓치고 싶지는 않다

 하지만 나는 최근 김용익의 한국적 언어와 감각을 찾아서 영어로 쓰고 다시 한국어와 그 정서와 감각을 되살려 실제로 세계적인 갈채를 받고 있는 점에 대하여 며칠 전부터 그가 한국어로 펴낸 소설집《꽃신》(1984, 동아일보)과《푸른 씨앗》(1991, 샘터) 등을 그 창작과정의 일화 — 이미 영어판으로 미국에서 출판된 그 한국적 뉘앙스를 되살리기 위하여 귀국하여 평창동 앰배서더 호텔에서 2개월간 작업한 사실을 확인하면서 그 작가 정신과 이를 통해 평소 아름다운 우리 것에 대하여 잊혀가고 있음을 다음 세대에 알려야겠다는 책무감이 나를 옥조이기에 이 글을 쓴다.

 그리고 참고로 이러한 그의 유작들은 사후 그의 고향 통영의 생가에 외교관 형 김용식의 유물들과 함께 통영 당국의 관리하에 전시되어 있음도 알려둔다.

넝쿨장미에 대한 의혹

오래된 우리 아파트에는 철따라 수목이 우거져 꽃피고 새소리 어울려 황홀하던 한철이 가고 어느덧 느릅나무 속잎이 피어나 그늘을 드리웠네

하지만 마치 심심한 주민들 눈길을 끌기 위함인가
철책 울타리엔 하루가 다르게 작은 꽃봉오리 앞세워 연일 장미넝쿨 그 화려한 모습이 아름답게 피어 있네

내가 예전 이태리 성지^{聖地} 아시시 여행 중 실제 클라라 성녀^{聖女}의 시신이 누워있는 그 앞을 지나 프란체스코 성인이 참회하며 뒹굴었다는 장미 밭에서 실제로 장미의 가시 없음을 본, 새삼 그 뿌리 깊은 신앙심을 떠올려 보네

그런데 지금 철책을 감아 오르는 우리 아파트 넝쿨장미들은 왜 가까운 주민들의 손길을 거부하고 가시를 방패 삼아 횡포를 들이대는가

나는 출근길 앞둔 이 시간에도 그 의혹 때문에 이 글을 쓰고 있네.

소금광산 그 망아지

동유럽 여행 중 들른 폴란드 수도 바르샤바 소금광산은 사람마다 머리를 곧추세우고 비좁은 통로를 수직으로 100여 미터 내려가 자리하고 있었네 그곳을 괴테도 다녀갔다는 안내의 설명은 한 귀로 흘리면서도 십자가를 비롯해 여러 당시의 상황을 유심히 살펴보면서 전해오는 일화 속 어릴 때 새끼로 들여와 성장 사역시켰다는 정작 그 망아지에 대한 흔적은 보이지 않았네

그렇다면 그 안에 세워져 있던 소금 십자가는 희생된 그 망아지를 위한 십자가이었나?

아니, 수십 년 세월이 지난 지금까지 그 망아지에 대한 애련한 마음이 가시지 않고 있어 스스로 놀랍기도 하네.

세 번째 인용*

단 십 백의 의미

단: 한 사람의 진정한 스승과

십: 열 사람의 진정한 친구와

백: 백 권의 잊히지 않는 책

        을

        가

        진

        사

        람

        =행복한 사람

『내용』

(처자를 맡길 수 있는 한 사람 스승)

(자신보다 먼저 친구를 챙기는 열 명의 친구)

(자신의 기억 속에 남은 백 권의 책)

* ① 함석헌 → ② 장영희 → ③ 류근조

초록냄새

초등학교 미술시간에 배웠던
빨 - 주 - 노 - 초 - 파 - 남 - 보
과연 이런 색깔에도 각기 냄새가 있을까

6월의 이른 아침 수목이 우거진 아파트 사이로 이어진
산책길 물씬 코를 스치는 어떤 냄새가 있어
문득 매연에 찌든 폐, 마음 깊숙이까지
스미어 든~다

이른바 수향樹香이란 말이 머리에 떠오른다

나무냄새
초록냄새

그래서 조이스 킬머는 그의 시 〈나무들〉에서
"나 같은 바보도 시를 짓지만 나무를 만든 분은
오직 하나님"이라고 노래했던가

랄랄라 라알라 랄랄라 라알라
아침엔 일찍이 일어나서 돌아다니고
마음속은 상쾌하고 약한 몸은 좋아진다

고은비

X파일에 나오는 소녀

취미: 오지탐사
알바: 일일 손녀
일체의 휴대품 없이
달랑 메일 앱 한 개
무전기처럼 허리에 차고
여기서 수시로 뚜^ 뜨^ 따^ 따!
호출되는 부호 그 명시에 따라
옷도 모습도 생태환경에 맞춰
수시로 변화에 대처하는,

참 스마트하고 날렵해
오! 내가 알고 있는
발음도 모습도 스마트하고
세상에서 가장 아름다운 이름.

내 마음의 집

행정상 내 주소는 분명 지구촌 서울특별시
재산 등기부 기록과도 일치하지만
그래서 때로 부동산거래 중개업자로부터
팔지 않겠느냐는 권유도 받지만 이 집 안에는
많은 마음들이 모여 산~다

사랑하는 가족과 예쁜 꽃들과 오래돼 붕대 감은 책들과
가난과 연민과 애국과 분노도 함께 산~다

그래서일까
천둥 번개 치는 밤 두꺼비집 휴~즈가 끊기거나
때로 백주 대낮에도 먹구름에 가려 햇빛마저
차단되는 그런 날에는 앞뒤 창문도 모두 막혀
답답해지는 마음도 함께 산~다

나는 알고 싶다
과연 내 마음의 집을 주관하는 그는 누구인가

나이 드는 법

19세기 영국의 낭만파 시인 워즈워스는
무지개를 소재로 한 그의 詩에서
어린이는 어른의 아버지라 노래했네.
어른도 바르게 잘 자라야
종국에 티 없이 훌륭한 사물과 삶의 거울로서
제구실을 할 수 있다는 뜻이 아닐까 싶네.

독일의 작가 악셀 하케의 소설
《사라진 데쳄버 이야기》에선 사람이
태어나 점점 나이 들수록
커져가는 게 아니라 점점 작아져
종국엔 책갈피에 끼어도 보이지 않을 만큼
아주 작아진다는 얘기가 나오지

결국 사람이 성장을 끝내고 죽는다는 것은
제 살던 세상의 흔적 모두 지우고
어딘가 무주공산無主空山 - 우주의 공간 속으로
스며들듯 사라진다는 그런 뜻은 아닐까.

그런데, 이 어찌된 일인가
가끔 난 놀랄 일도 아닌 것 같은
놀라운 일들로 놀라는 때가 많다네.

늦은 밤 시각 서울에서도 번화하기로 이름난
서울의 강남 도심에 나서다 보면
보채고 빨고 배설하는 기저귀문화 속
의외로 성인 군상도 많아서—.

태어남과 죽음이 서로 연계돼
괘종시계의 "똑" "딱"소리와 같이
하나로 이어져 삶을 이룬다는
우리 지혜로운 선조들의 수의문화壽衣文化는
주모의 술타령 후렴구조차
한마디도 비치지 않고 저잣거리엔
소위 죽음이 아닌 주검 자체로 회귀하려는
사람들만 가득 넘쳐 판을 치네

노경 老境

뭏 90의 나이에 시인詩人이 시를 쓰려면 생물학적 측면에서 보면 아무리 노력해 수작秀作을 쓰고 싶다 해도 그 작품은 노산老産일 수밖에 없을 터,

그렇다면 그 작품이 자칫 순산順産 아닌 사산死産일 경우도 없지 않을 터 나는 사실 노심초사勞心焦思할 때도 더러 있다

그래선 안 돼! 그래선 절대 안 돼!
죽을힘을 다하여 햇빛을 보게 하리라
아프고 더딘 분만 그래서 더욱 값진
老 시인詩人의 시작詩作은 곧 노모老母의 마음.

웃픈 이모티콘

내 이제 미수米壽 바라보는 나이
뒤돌아보면 지나온 길
예전 그대로인데
거울 앞에서면 정작 내가 찾는
내 모습은 보이지 않~네

온갖 속사俗事에 매달려
한평생 씻기고 지워져
몽돌처럼
생명선 운명선 선명하던
손금마저 모두 흔적 없어
앞길을 한 치도 가늠할 수조차 없네

오!
길 없는 길 찾아 바람 부는 대로
물결치는 대로
둥 둥 웃픈 이모티콘 표정表情을 하고
그 어디론가 정처 없이 흘러만 가~네

자시 자평自詩 自評

모든 예술작품은 만들어져 창작자의 품을 벗어나 일단 세상에
던져지면 그 평가는 관객의 몫이 된다.

그런데도 그간 여러 창작시집을 펴내면서 나는 그것에 자신
이 없어 저명한 평론가의 평가에 의존했고 독자들은 그 평가를
거점으로 내 작품에 대하여 긍정적으로 반응하며 일정 부분 내
작품에서 독자로서의 영양가를 섭취하는 데 도움을 받았을 것
이란 예측까지 완전히 부정하고 싶지는 않다.

하지만 이와는 반대로 여기에 참여한 모든 평자의 평가가 모
두 창작 당사자인 내 창작의도와 본질에 일치한 것은 아니다.
그리고 더 솔직하게 말하면 이제껏 살아온 자신의 삶과 작품과
의 교호작용交互作用의 내밀한 부분까지를 창작자인 나 자신은
누구보다도 언어의 명징明澄한 형상화를 이룩했는지에 대한 그

여부는 미흡한 대로 나름 자신만의 경륜과 촉觸을 통하여 이미 작품에 영향을 줬을 것이 분명하다고 확신한다.

그런 것을 전제로 어찌 보면 다소 자화자찬自畵自讚 격이긴 하지만 이 책의 내용을 조금은 거칠게 다음과 같이 요약해 본다.

"감성의 살과 의지의 뼈 그 길항적拮抗的 힘이 지탱하고 있는 긴장감의 팽팽함"쯤으로 개괄하고자 한다.

좀 더 구체적으로 말한다면 금번 창작집은 자술연보 대신에 뒤에 수록된 내 일생의 다큐성격의 자전에세이 〈결핍과 충만 사이〉와 구조적으로 무관하지는 않을 것이라 믿는다.

실제로 이 책은 미수米壽를 앞둔 시점에서 나는 누구인가에 대한 의혹의 문제에서부터 가족이라는 혈연의 관계를 비롯해 생로병사生老病死의 문제는 물론 종교의 영역인 신神의 문제에 이르기까지 나름 다양한 범주의 모색을 통하여 좀 더 자유로워지고자 하는 소망사고 그 이상의 마지막 내 의식세계에 대한 탐험이라 해도 좋을 듯하다.

다만 지난 2020년 열세 번째 시집 《안경을 닦으며》(나남) 이후 그 어떤 차양막遮陽幕도 없이 마지막 이런 맨얼굴로 백주白晝

대낮 여러분들 앞에 이렇게 나선 이 외출이 부디 부질없는 행위가 아닌, 진정성이 담긴 앞으로 오직 독자 제위의 삶의 여정旅程에 도움이 되는 작은 디딤돌 혹은 지팡이가 될 수 있기만을 삼가 바라 마지않는다.

후기後記

내 일찍이 철들면서 詩 읽기 詩 쓰기에 눈을 떠 즐겨하고 그것이 가능했던 이유는 이 공인된 예술행위가 별다른 제약 없이 가난해도 할 수 있었기 때문이란 생각이 든다.

하지만 이 시집이 유기체로서 갖는 의미와는 어떤 관련성이 있는 것인가.

그리고 나는 그간 60여 년 동안 평생을 힘닿는 한 동서 문인文人 백가百家들의 문학이론 혹은 그 명작들을 실증적 차원에서 규명해 보려고 접근을 시도하면서 대학 강단에서 시 창작을 겸하여 연구하고 가르치는 분수에 넘친 행운을 누려온 것도 사실이다. 이 또한 현 시점에서 이 시집과 의미론상으로 무슨 관련성이 있는 것인가. 만약 있다면 그 명징성明澄性은 어떻게 또 설명할 수 있는가.

아울러 그 오랜 기간 시마詩魔에 시달리면서도 이 악습惡習을 버리지 못한 채 금번 다시 지난 시집 발간 이후 3년여 만에 이어 세상에 시집을 펴내려 한다면 내 생체 나이로 보아 이 무상無償의 행위 자체가 어쩜 마지막 유서遺書쯤으로 스스로 생각되는 이유는 또 무슨 연유인가.

이것저것 생각하면 솔직히 말해 전처럼 마냥 즐겁지만은 아니하다.

이렇듯 망설임과 고독한 시도 그 사이에서 궁사弓師가 활시위에서 힘껏 당겼던 화살을 놓는 순간의 심상心象을 가져보기도 한다.

다만, 기간既刊의 시집들과 다른 점 하나를 적시摘示한다면 주로 담시譚詩 형태의 스토리텔링story-telling 기법을 차용借用해 본 점이 아닐까 한다.

결핍과 충만 사이

한마디로 지금부터 내 일생 다큐멘터리를 그 중요한 내용만 요약해 본다.

1. 결핍의 상흔을 찾아서

잊혀진 유년

나는 4남 2녀 6남매 중 세 번째 아들인데 6세 무렵 마을 서당에 다니던 기억 외에는 돌 사진 혹은 가족사진 등 남겨진 내용이 전혀 없다. 당시 집안에 그럴만한 이유가 있었을 것이란 게 분명하지만 이제 누구도 그 이유를 설명해 줄 사람이 없어 나로서는 이처럼 궁금할 수가 없다.

소년기의 호기심과 마음속 영산靈山

누구나 그랬을까. 나는 유난히 호기심이 많아 소학교 20리 도보 길을 혼자서 오가며 때로는 무섬증에 시달리기도 했지만 이를 이겨내기 위한 나름의 묘책이었을까.

가파른 언덕 흙벽에 구멍을 파서 집을 만든 후 거기에 알을 낳아 품고 있는 물총새를 잡았다 놓아주기도 하고, 길가에 해시계를 만들어 시간을 대중하기도 하며, 때론 포수를 따라다니며 여우 굴속에 연기를 피워주기도 하는 조수 역할을 하기도 했다.

우리 마을 가까운 거리에는 장수 바위, 달 바위 같은 모양의 돌산과 멀리는 노령산맥 미륵산을 뒤로 두고 흙산이 있었는데 각기 힘센 두 장수가 힘겨루기를 한 탓에 본래의 위치가 뒤바뀌었다는 전설도 전해오고 있다.

6 · 25 좌우 이념 갈등의 가족사

내게는 위로 두 형이 있었는데 큰형은 전주사범, 작은형은 이리농림학교 중퇴다. 6 · 25 동란을 전후로 큰형은 당시 사범학교 출신들이 대개 그랬던 것처럼 프롤레타리아적 경향에 기울어 있었다. 반면에 작은형은 당시 헌병 사령부에 근무하면서 6 · 25 전후에 서로 운명이 엇갈렸다. 그런 와중에 감당하기 힘든 집안의 상황 속에서 본인들은 물론 가족 모두에게 진퇴양난의 질곡의 비극적 수난기였다고 볼 수밖에 없었다.

어린 나 역시 이런 비극을 목도하면서 신음하던 안타까운 시절의 기억이 아직까지도 뇌리에 생생하게 각인되어 있다.

남녀공학의 시골 중학교 시절

나는 학창시절에 특별히 두뇌가 우수한 편이 아니었다. 학교는 함열중학교 1개교뿐이었는데 입학하고 보니 하필 남녀공학 반에 배정되었다. 글짓기 경쟁도 벌어져 운문은 매번 내가, 산문은 잘하는 다른 한 친구가 있어 이제는 고인이 된 친구 이규일이 독점하다시피 했다. 후에 친구는 중앙 일간지 문화부 기자로서 당시 한국 문화계에서 그 명성이 자자했다. 불초 나 역시 그 뒤를 이어 서울에서 대학교수직에 있으면서 수시로 많은 교유가 있었기에 지금도 잊지 못하는 추억의 앨범으로서 기억되고 있기도 하다.

가난 속 불굴의 향학열과 푸른 꿈

당시 중학교 동기들 가운데는 성적이 좋아 사범학교, 교통고교 혹은 체신학교에 합격해 부럽기도 했지만 나는 집에서 통학이 가능한 익산시 소재 사립 인문 남성고에 입학했다. 지금 생각해 보면 이 선택은 내 생애 가장 잘한 선택이었다고 감히 말하고 싶다. 이 학교엔 초대 운제 윤제술 교장(후에 정치 지도자로 전향), 일석 백남규 교장을 비롯해 전국에서 모여든 자타가 공인하는 각 분야의 우수한 교사들의 집단이 이뤄져 나의 면학의 꿈이 궤도에 일단 진입하는 데 성공했다고 판단된다.

그 성과는 뒷날 내가 서울 소재의 대학교수직 시절 새해 하례식을 위해 모인 기념사진에서도 확인되는데 그 인원은 (서울 강남의 남서울호텔 로비에서의 분만) 30여 명이 넘는다. 이들은 대부분 수도권 국문학 전공 동문교수들이었다. 다른 분야의 석학들도 매한가지라고 본다.

그러나 이 글 집필이 〈자전 에세이〉에 걸맞게 내 개인을 기준 삼아 역으로 이 지점에 이르기까지의 과정을 되돌아보고자 하는 것인 만큼 이제부터는 다시 남성고 재학시절로 회귀할 수밖에 없다.

교내 한글시 백일장 장원이 계기가 되어

앞에서 나는 중학 졸업 당시 가정형편 등을 고려한 불가피한
고교 선택을 했음을 이미 피력한 바가 있다.

그런데 이 선택이 결국 나의 진로에 결정적인 계기가 되었고
내가 뒷날 교수가 된 이후까지 이어졌음을 필자 소속 국어국문
학과의 다른 분야 교수가 어느 시점에 내게 지어 준 아호雅號인
이경犁耕에서도 엿볼 수 있다. 한글날 교내 한글 백일장에서의
장원, 이 사건은 나에겐 내 생애를 바꾼 결정적 계기와 그 원동
력이 되었음이 분명하다.

명문대 입시 좌절과 대안 없는 농촌 재수생

최근 내 서재에서 발견된 학적부 사본에 고교 졸업 당시의 성
적은 288명 중 26등으로 기재돼 있었다. 그래서 당시 담임선생
님께서 이를 기준으로 일류 서울 국립대에 입학원서를 써주셨
지만 나는 이 은혜에 보답하지 못해 결국 대책 없는 농촌 재수
생으로 생애 첫 시련의 도정을 밟게 된다.

낮에는 집안의 고단한 일손을 돕지 않을 수 없는 지경의 곤
혹스러움이란…. 정말 회상하고 싶지 않은 상황에 처하고만 것
이다. 그래서 나는 이듬해 한 등급 낮춰 백제 고도 소재 국립
공주사대에 입학하기에 이른다.

이때부터 시작된 나의 인생 역정은 바로 다음 단계에서 시작된다.

한마디로 내 청춘에 숨통이 트이고 물기가 오른, 나도 모르게 조금은 기념하고 싶기도 한 그러한 이야기들의 모임이라고나 할까.

2. 창백한 승리의 접경
청춘의 비무장지대에서

대학 프레시맨 그 청춘의 자화상

내가 대학 신입생이 되어 말로만 전해 듣던 공주에 실제로 가보니 그 지형학적 백제의 성터와 유물들이 많이 그대로 보전되어 있었다. 금강이나 곰나루는 물론 주변도로를 따라 부여의 백마강 나당연합군의 역사적 전설과도 연계되어 있던 터라 공주와 관련된 이런 주변의 고풍스런 환경들은 나 같은 시학도가 천혜의 영감 얻기에 충분했다

공주라는 지역은 산성공원과 봉황산이 지호지간의 거리에 위치하고 있지만 사실상 15개의 학교가 운집해 있는 교육도시로서의 면모와 함께 이에 따른 문화적 환경까지 조성돼 있는 터라 2개의 극장에서는 세계적인 명화들이 상연되고 있어 학

교 강의 외에도 내게는 정말 황금의 연못에나 비할 만큼 아름다운 청춘의 도량이 아니었나 싶기도 하다. 하지만 이러한 이곳 공주의 환경은 또 이와는 반대로 현실에서는 양날의 칼과 같은 환멸과 허무를 안겨준 면도 없지 않았다는 것이 솔직한 심정이기도 하다.

첫사랑의 열병 그 허무

4월의 청신한 음률로 가득했던, 대학노트를 옆에 끼고 삼삼오오 교문 입구에 담쟁이넝쿨이 천년 고목을 감아 오르는 싱싱한 풍경 속에서 처음 내 시야에 들어온 한 여인의 뒷모습 ─ 그 여인은 같은 과 유청자(후에 서울에서 교직에 있다가 육영수 영부인 공보비서를 거쳐 다시 교직에 복귀했다가 이후 미국에 이민, 지금은 소식이 두절된 어찌 보면 내 순수한 첫사랑의 롤모델이기도 하다)이었다. 사실 이런 인연 때문에 이와는 전혀 다른 환멸 수준의 숨겨진 일화도 있었던, 지금 돌이켜 보면 내 청춘의 방황기쯤으로 규정하면 좋을 듯 여겨진다. 뒷맛이 여운보다는 쓸쓸해지기도 한다.

왕성했던 詩 수업기修業記

위에서 언급한 시기의 방황기를 경험한 이후 나는 학교 신문사에 입사하여 원래 나의 소망이라고 믿었던 시작생활에 몰두하였다. 교내신문, 동인지 〈곰나루〉, 〈시회〉, 학회지 〈국문학〉 등에 작품을 발표하는 등 교내에서는 자타가 공인하는 시창작 분야의 주력멤버로 주목을 받기 시작한 것이 아니었나 싶다.

실제로 나는 학교의 중요한 문학행사인 문학의 밤 등을 주재하면서 당시 한국 문단의 거물급 문인 모윤숙 시인, 홍성유(《비극은 없다》 작가) 등을 초빙하여 교육문화도시 공주의 면모를 보여주는 데 앞장섰고 일종의 사명감을 느끼면서 학생기자로서도 매우 적극적으로 활동했다.

그 한 가지로 당시 현역 대위 신분으로 내방한 故 김종필 총리를 인터뷰했고 이후에도 같은 공주 출신 극작가 김석야金石野의 사무실이 있는 서소문을 들러 김 총리께서 가끔 제주도 서귀포에 내려가 그림에 열중하고 있다는 사실도 알게 된 것도 이 무렵이다. 그리고 이러한 일련의 나의 행위는 그냥 올챙이 기자로서의 타고난 기질 탓이라고나 해야 될는지 모르겠다.

그러나 바로 앞에서 언급한 대로 나는 재학시절 여러 문학행사 등을 주도했다. 이것이 바탕이 돼서 동시에 이때 여기에 동참했던 교수님이나 선후배들이 뒷날 문단에 진출, 시인이나 작가로서 활약, 대학교수 혹은 명실공히 기록을 세웠던 역사 그 후일담까지 기억하고 있다. 아무리 겸손이 미덕이라고는 하나 내 스스로 긍지를 느낌은 어쩔 수 없다는 생각이 들기도 한다.

3. 교단생활과 문단활동

교직생활의 시작 그 첫 시련

1964년 나로선 나름 다사다난했던 대학 졸업을 앞두고 취업을 위하여 고심하던 중 모교 화성학원(남성재단) 산하 남성여고 당시 박상조 교장에게 이런 사정으로 서신을 드렸던바 졸업 15일 전에 연락을 받고 신학기부터 해당 학교에 설레는 마음으로 출근하기에 이른다. 그리고 인사차 당시 재단 이사장의 서울 상도동 자택까지 방문했는데 어찌된 영문인지 한 달이 채 되기도 전에 서울에서 또 한 명의 후보자가 나타난 것이다. 그래서 교장실에 들러 출근하지 않은 사실을 알고 교장 사택에 방문했을 때는 교장은 머리를 싸매고 있었다. 사실인즉 이사장이 이런 사실과 관계없이 한 사람을 내려보내 인사에 혼선을 빚은 것을 알게 되었다.

　하여 나는 다시 닭 쫓던 강아지 신세로 전락할 수밖에 없었다. 낭패 그런 낭패가 어디 있으랴. 알고 보니 이 사태로 말미암아 재단이사회가 열리고 여기서 같은 재단 2부(야간)에 전임으로 발령받았다. 근무한 지 2년여 만에 도교육청 학무과에 알아본바 발령대기자 명단에 내 이름이 들어 있는 것을 확인하고 극구 만류하는 당시 이중각 교장에게 사직서를 제출하였다.

진안 마이산 은수사에서

이후 진안 은수사에 들어가 주지 아들의 학업을 도와주며 산사에서의 은둔생활에 들어갔다. 어느 날 처음 부임했던 남성여고 제자들이 찾아와 산행 도중 폭우를 만나 재난을 당했던 경험을 바탕으로 처음 〈산정山情: 님프의 변신〉이란 단편소설을 쓰기도 하였다. 그리고 은수사에서 주지 아들이 내게 선의로 몸보신을 해주겠다고 산속에 솥단지를 내다 걸고 몇날 며칠에 걸쳐 능구렁이를 끓여 먹은 사실이 알려져 쫓겨나다시피 하산했다.

칩거생활을 마감한 후 귀향해서 취업을 위해 알아보던 중 이리상고에서 국어 교사를 채용한다는 공고를 보고 필기시험에 합격했다. 채용 후 공립학교에 발령이 되어도 학교 측에서 요구하는, 계속 근무하겠다는 서약서에 서명하고 귀가하던 열차 내에서 공교롭게 공립학교에 발령이 난 것을 신문에서 보고 다음 날 다시 이리상고에 들러 사죄하는 일까지 있었던 것은 번거롭긴 했으나 사실 그렇게 시작된 것이 나의 공립학교 근무의 첫 시발점이 된 셈이다.

다시 교단으로

공립학교 첫 부임지 정읍에서

당시 정읍여중고 전임 교사로 부임할 당시 류승억 교장은 내겐 당내 종친뻘로 부친과도 친숙한 사이여서 다소 부담스럽긴 했지만 나는 이를 개의치 않았다. 미혼이었던 만큼 하숙생활도 하다가 후엔 인근 광덕사라는 산사에서 자취생활도 이어가는 등 비교적 자유스런 생활을 할 수 있었다. 이때 내가 담임으로 있었던 중에 겪었던 특별한 일화는 내게는 잊지 못할 추억이 되었고 아직도 생생하게 기억 속에 각인 있다.

사실 누구나 그렇겠지만 객지생활을 하다 보면 생일을 잊고 지내는 게 보통이다. 나는 당시 중학교 1학년 국화반 담임으로서 수업을 마치고 종례에 들어가려고 준비하고 있었다. 반장 아이가 와서 내게 조금 늦게 들어오길 바란다고 하기에 살짝 의아스럽긴 했다. 실제 교실에 가보니 아이들이 내 자신도 잊고 있었던 제27회 내 생신축하 자리를 마련해 분단별로 연작시를 지었고 다른 축하 퍼포먼스도 이어져 나는 실로 감동을 받았다.

그리고 행사 후엔 생일선물로 학생들이 준 《못 잊어》라는 표제의 시집(앤솔로지)과 석고 비너스 여신상도 받게 돼 나는 그날 퇴근 후 몇몇 동료들과 교문 앞 옴팡집이라는 가게에 들러 매실주를 취할 만큼 마셨던가. 자취방에 돌아가는 도중에 논두

렁길에서 미끄러지는 일까지 있었지만 찬물로 목욕재계하고 도리어 맑은 정신으로 촛불을 밝혔다. 그날 밤 썼던 〈나무〉라는 시가 후에 〈문학춘추〉 신인상에 당선되어 문단 데뷔의 꿈을 이루는 계기가 되었기에 더욱 아름다운 추억이 아닐 수 없다.

남원 광한루 근처에서의 하숙생활

이후 나는 남원고 정교사로 승진 발령된 사실을 알게 되었다. 어느 날 갑자기 운동장 조회 때 전교생 앞 연단에 올라 이임사를 하며 그간 정들었던 정읍과 학생들을 떠나 남원에 부임하게 된다.

이곳 남원에 정박한 후 또 나는 많은 일들을 겪고 경험하게 된다.

사실 인생이 회자정리 그 순환 자체로 보는 것이 통상이긴 하지만 자신의 학교에 내신해 준 당시 교장(류홍춘)에게는 따로 고맙다는 인사를 하지 않았던 것은 지금도 미안한 마음으로 남아 있다.

내가 남원에 재직했던 기간은 1년 8개월로 그리 길지 않은 기간이었지만 나는 이곳에서도 많은 추억을 쌓게 된다.

그중에서도 미국 평화 봉사단 일원으로 개디스라는 청년과 한 하숙집에 머무르면서 동고동락했던 일은 물론 KBS 남원 방송국 당시 김성규 PD의 요청으로 스튜디오에 나가 진행한 시 낭송 등 많은 프로그램은 잊을 수가 없다.

아니, 한 가지 에피소드가 지금 기억에 떠올랐다. 내가 담임한 반의 학생들 중에는 이미 경찰 상무관 교관이 있었는데 한번은 내가 통금을 위반한 사실로 난처한 입장에 처했을 때 반대로 그 학생의 도움을 받은 사실도 빼놓을 수 없다.

명문 공립 전주여고 재직시절

사실 공립학교 교원이라는 신분은 다른 공무원과 같이 당국의 명령에 따라 근무지 근무처를 옮긴다. 하지만 한 가지 다른 점이 있다면 그 대상이 성장기의 학생들인 만큼 인간적인 면이 많이 고려되고 그 여부에 따라 두고두고 훗날까지 그 여파와 여운이 이어지므로 단순한 지식전달의 역할보다 교육자로서의 자질이 매우 중요하다는 것이다.

하지만 나의 경우 이 명문 여고 재직시절이 반드시 아름다운 추억만으로 이어지지 않은 점이 솔직히 씁쓸한 느낌이 들기도 한다.

한편 부임 후 교장을 비롯한 많은 동료 교사와 학생들 앞에서 이른바 평가를 받아 향후 교단생활에 지대한 영향을 미칠 수밖에 없는 처음 연구 수업에서 학생들 작문과정에서 다뤘던 세계에서 가장 짧은 소설 허버트 렐리호 작품 〈독일군의 선물〉을 한 예시 작품으로 MBC 아나운서와 성우까지 동원해 녹음한 결과, 그 시청각 교재의 활용 적부는 물론 그 교육적 효능 면에서 우수한 결과로 평가되어 그나마 다행이란 생각이 들기도 한다.

하지만 앞서 언급했던 것과 함께 나는 타고난 운명이 그 성과와는 별개로 한곳에 머무르지 못하는 무슨 역마살과 관계가 있는 것은 아닌지 가끔 생각할 때도 있다.

당시 천경자 화백의 그림과 이산 김광섭 제자題字로 매우 호화판으로 출판된 제2시집 《환상집幻想集》은 그만큼 화제가 될 수밖에 없었다. 이로 인해 교내 서점은 물론 학생들에게도 관심거리였기에 수업시간에까지 저자 서명을 요청하는 일들이 생겼다. 나는 마지못해 서명을 해주기도 했다. 이것이 교육 당국에까지 알려져 난처해진 학교장은 이를 최소화하려는 의도로 전주농고에 재직 중인 김병수(원로시인) 교사와 나를 서로 교체하는 수준의 내신을 하여 나는 그분의 자리로 같은 전주 시내 학교로 발령받기에 이른다.

그러나 학교 현장은 농업 실습 위주였고, 그런 환경에 익숙하지 못한 나는 실로 무슨 결단을 내리지 않을 수 없었다. 나는 전에 상경할 일이 있어 용산을 지날 때마다 차창으로 보이던 상명학교 교정을 떠올렸다. 한때 설립자가 교장 시절 전주여고를 방문했던 일이 있어 당시 상명재단 이사장(신봉조)께서 이화여고 재단이사장도 겸임하고 있는 사실에 착안하여 당시 이화여고 서명학 교장에게 서신을 드렸다. 의외로 반응이 좋아 김동리 선생의 추천서를 가지고 손소희 여사와 함께 직접 교장실을 예방했다. 필요한 서류 13가지 중 한 가지 기독교인이란 조건이 있었으나 채용 후 종교에 입문할 것을 전제로 달았고 인근 고극훈 소아과에서 건강진단까지 받아 그 진단서를 제출해 놓고 다시 전주로 내려가 연락을 기다렸다. 기별이 없어 상경하여 알아본즉 교장이 재단 측과의 갈등이 생긴 사실을 확인했고 제출했던 일체의 서류들을 찾아 들고 혹시나 하는 생각으로 늦은 저녁 시간 상명학원 배상명 설립자가 기거하는 세검정 자택을 예고 없이 방문했다. 경비실 직원에게 사연을 설명했고 면담이 받아들여져 설립자와의 면담이 성사되었다. 다음 날 부속여고 이재기 교장을 비롯하여 삼각지 부속국민학교 교장에 이르기까지 무려 6개교 산하 교장을 만나게 되었다. 마지막 결론으로 설립자의 이복동생으로 알려진 배현종 교장과 면담 후에 내려가 기다리면 연락하겠다는 다소 막연한 답변을 듣게 된다.

그리고 몇 주 경과한 후에 받은 배현종 교장의 노란 봉투 내용은 올라와서 직접 수업 테스트를 받으라는 전언이었다. 그 결과 마침내 나는 상명2부(야간부)에 첫발을 딛게 된다. 실로 내 스스로 내 능력으로 얻어낸 큰 결과였다. 이 기간은 내게는 전 생애에 걸쳐 매우 중요한 거점이 되었다. 실제로 나는 이 학교 도서관에서 석사학위 논문을 썼으며 이를 바탕으로 낮에는 춘천의 성심여대에 출강도 하고 후에는 박사학위도 받아 대학교수의 꿈도 이루게 된다.

전주에서 서울로

위의 상경기 중간에 우리 가족이 막 돌 지난 첫 딸아이를 트럭 운전조수석에 태워 상경했다. 처음 자리를 잡은 곳은 원효로의 한 단칸방. 무슨 호기심에선지 학생들이 찾아와 떠드는 소리는 어쩔 수 없이 감내했다. 하지만 바로 옆방에는 홀로 사는 모친이 결혼한 아들 내외와 장지문을 사이에 두고 한집에 살고 있어 공간이라고 해봐야 전주에서 전세로 살던 때와는 비교도 안 되는 협소한 곳이었다. 그래도 우리가 한 계단씩 넓혀 마지막으로 구했던 전셋집 역시 주인집과 같은 현관을 이용하는 구조로 돼 있었지만 더러 소식을 듣고 내방하는 문우들도 있어 옹색한 살림살이에도 다소 사람구실을 하나 싶기도 했었다. 또 그곳 인근에 성심여고와 통하는 골목과 연결돼 있었기에 가끔 박목월 선생께서 말년 지팡이에 의존하고 산책하던 광경도 기억에 새롭다.

하지만 내 개인적으로는 어린 딸애가 2층에서 떨어져 그 아이를 등에 업고 회현동에서 진료를 위해 늘어선 줄에 끼어 초조하게 기다리는 중에 그 병원에 간호사로 근무 중인 아내의 친구를 우연히 만나 구사일생으로 아이를 살린 기억은 정말 결코 잊을 수 없다. 그리고 이때의 체험을 바탕으로 써서 〈여성동아〉에 발표한 시가 곧 〈서울의 별〉이다.

서울의 별들은 驚氣를 한다
충혈된 눈
손은 비틀고 입은 쪼아리며
이젠 하도 많이 소음에 놀라서
습관성 전간처럼
경기를 한다

지난여름
내 딸애가 2층에서 떨어졌을 때도
驚氣를 했다
고통에 일그러지던 그 얼굴
그 실눈 가에 쌓이던 동심의 연민

어쩜 서울의 별들도
불쌍한 내 딸애의 흉내를 내는지도 모르겠다

어리광을 버리고 손때 묻은 완구를 버리고
牧神을 따라 지난여름 혼자서 프로방스로 떠난
불쌍한 내 어린 딸애의 흉내를 내는지도 모르겠다

　이후 전주에 사는 시우詩友 한 분은 우리 아이가 사고사한 것
으로 판단하여 내게 이를 소재로 위로의 시 한 편을 지어 보낸
일도 지금 기억이 떠오른다.

4. 학문의 바다 그 미지의 세계로

문학 석사 취득의 에피소드

내가 석사학위 과정에 입학한 것은 대전에서 교수로 재직 중인 대학선배의 권유가 주효했지만 전주여고에 재직 중에는 지도교수인 선배님을 자주 찾아 학문연구에 대해 담론할 기회를 갖기가 어려웠다. 가끔 시간을 내서 찾아뵙는 일은 자연 알량한 형식에 그쳤고 당시 지도교수께서는 자신이 학위 과정을 권유했던 것을 많이 후회했을 것은 불문가지不問可知가 아니었겠나 싶다.

그런데도 나는 직장을 따라 상경한 후 석사 마지막 학기 논문을 작성해 상명여고 도서관에서 틈틈이 논문을 다듬어 〈미당未堂 시詩에 있어서의 에토스Ethos적 영원성에 관한 연구〉를 탈고하였고 대전에 내려가 많은 교수님들과 대학원생들 앞에서 논문을 발표하게 되지만 분위기가 좋을 리 만무했다. 여기저기서 웅성거리기 시작했고 아마 부결되기 직전이지 않았나 싶다. 남은 절차는 최종 심의과정이었다고 추정할 수밖에 없다. 논문의 핵심은 아래와 같다.

미당 시에 있어서의
A. 사랑의 미학

146

    a. 동력적 사랑Dynamics Love

    b. 정력적 사랑Statics Love

    c. 무향무취의 사랑Odourless Love

  B. 시간성

    a. 평행적 시간Flat Hour

    b. 굴절적 시간Refract Hour

    c. 창조적 시간Round Hour

  C. 에토스Ethos적 영원성에 대하여

이상이 석사 예비후보인 필자의 논문의 개략적 구성이다.

그런데 이 논문은 결론부터 말하면 그날 발표현장에서 이를 지켜본 당시 대학원장 박종성 박사(이학)의 재심청구 지시에 따라 다시 심사를 받게 되었고 심사위원들(최원규 · 송재영 · 채훈 교수) 세 분이 나의 주거지 서울로 상경했다. 그 결과 논문이 통과되어 필자로서는 그 의외의 매듭에 그저 황당하면서도 기쁘지 않을 수 없었다. 하지만 나로서는 이 석사학위 논문 취득은 이어 박사과정으로 이어지므로 또 다른 징검다리가 된 셈이기에 아주 중요한 의미를 지닌다.

박사과정 수석합격의 낙방

나는 故 최신호 성심여대 교수의 권유로 단국대 박사과정에 지원하게 되고 필기시험에서 전공과목과 영어와 제2 외국어 독일어 과목까지 모두 합격했지만 마지막 최종 심의위원회의 벽은 넘지 못했다. 그 이유는 내가 당시 고등학교에 재직하고 있다는 사실 때문이라는 것을 알게 되었다. 고교 교사가 박사과정 응시에 결격사유가 된다는 것은 나 스스로 납득할 수 없었다. 당시 교학과에 서류를 찾기 위해 들렀다가 교학부장 이동녕 박사로부터 신학기에 지원한다면 자신이 꼭 성사되도록 지원하겠다는 언약을 받고 이 말만 믿고 다음 학기에 재차 지원했다. 하지만 그 결과 또한 첫 응시 때와 다르지 않아 나로서는 그 낭패감이 이루 말할 수 없이 컸다.

그런데 그다음 과정으로 석사학위 취득과정과 어느 면에서 유사한, 예기치 않은 일로 이번엔 다행스럽게 입학 허가를 받게 된다. 그 전말은 다음과 같다

당시 장충식張忠植 총장이 교학처에서 서로 고성이 오가는 소리를 듣고 들러 부총장 김석하金錫夏 대학원 수석 심의위원과 교학부장 이동윤李東潤 박사가 서로 내 합격적부 문제 때문에 논쟁하게 된 것임을 알게 된다. 그 논쟁의 원인에 대하여 자초지종 내력을 들어본 후 본인을 합격 처리하도록 지시했다는 것을 나는 알게 되었다.

박사과정 입학과 첫 대학출강

이후 나는 이에 힘입어 앞서 언급한 최신호 교수의 배려로 춘천 성심여대에 출강하게 되었다. 한참 후엔 많은 면학과 노력 끝에 문학 박사학위까지 취득하게 되며 마지막에는 중앙대 전임교수의 꿈도 어렵게 달성하기에 이른다.

창립 대전대학 가교사 갈마동 전임시절

내가 성심여대에 출강하면서 당시 상명 야간부에서 동시에 졸업반 고3 담임을 맡고 있는 중에 마침 대전에 대학 설립인가가 나와 혜화재단에서 교수를 초빙하고 있었다. 내가 대학시절 신문사 편집장을 맡았었다는 이유로 앞으로 신설대학이 갖춰야 할 전임후보 필수요건에 맞아 운 좋게 내게 그런 좋은 기회가 온 것이다. 그런데 공교롭게 면접일과 고3 담임반 학생들의 마지막 종례 날짜가 겹쳐 나로서는 교육자적 양심의 문제를 떠나 상식 차원에서 고심할 수밖에 없는 처지가 되었다. 그래도 한번은 교감 선생(신용선)에게 사실을 털어놓고 상의할 수밖에 없었던 것이 당시 정황이었다. 신 교감께서는 "내가 류 선생 대신 종례에 들어가 학생들에게 양해를 구할 것이니 너무 걱정말라" 했다.

그래서 다음 날 나는 대전에 내려가 이사장, 총장, 기타 교무

처장 등으로 보이는 면접위원들 앞에서 지난밤 잠을 설치는 바람에 앞으로의 채용을 전제로 한 적극적인 포부나 창의적 의견을 제시하기보다는 겨우 인사위원들의 묻는 말에 대답한 것이 고작이었다.

한편 그 시간 밖에서 나를 기다리던 석사과정 지도교수였고 이 교수 초빙에 응모를 권유했던 최원규 시인께서 "됐어! 됐어!"를 연발하며 반기며 내 두 손을 꼭 쥐어주던 그 순간이 지금도 생생하게 떠오른다.

다시 서울의 명문사학으로

치열했던 초빙과정의 경합

그 후 대전대학 국문과에 전임교수로 학과장과 인사위원까지 겸임하게 돼서 대학교의 미래를 위해 무거운 책임을 통감하고 자식들의 학교문제 때문에 이사할 엄두도 내지 못하고 하숙생활을 했다. 당시 나를 포함한 전임교원이 10여 명에 불과했던 터라 퇴근 후엔 모두 간단히 술도 곁들여 회식을 하는 것이 다반사가 아니었나 싶기도 하다. 그러기 반년이 다 돼가는 어느 날 총장님의 면담 요청이 있었다. 다음 학기 신임교원 초빙을 의논하는 자리였는데 내용인즉 설립인가 당시 도움을 주신 이규보 교육부 장관 쪽에서 특별히 요청한 서울 모 사립 전문대학 모 교수의 천거에 협조를 요청하는 자리였다.

사실 내가 여러 가지로 부족함에도 채용해 준 학교당국에 대한 은혜와 그 미래를 위해서도 앞으로 채용하게 될 교수는 명실공히 나보다는 훌륭한 분을 모셔야 된다는 것이 평소 내 소신이었는데 총장의 이런 협조 요청은 나에게 도저히 이해가 되지 않았다. 그래서 나는 그간 강의를 이어오던 서울의 한 종합대학의 전임교수 모집 광고를 접하고 그 모집요건에 맞아 서류 제출을 하게 된다.

　그러나 교수 한 자리 초빙에 응모한 인사는 무려 20여 명으로 집계됐을 만큼 당시 치열한 경쟁을 보였다. 그래도 혹시나 하는 마음으로 이 경쟁에 끝까지 임했던바 마지막 대상으로 당시 인사위원장 유목상 교무처장이 추대한 김은자(불문과 출신) 교수를 지지하는 인사위원 수와 당시 김성일 학장이 추대한 나를 지지한 인사위원 수가 엇비슷해 결국 20명 인사위원 전원 무기명 투표를 실시하였다. 그 결과 12 대 8로 내가 우위를 차지해 이후 대전대학에 이어 다시 전임강사에서부터 조교수, 부교수를 거쳐 정교수에 이르기까지 무려 1982년부터 31년간 거의 반세기를 현재 명예교수로 있는 중앙대학교 문과대 국문과 교수로 재직하였고, 끝으로 2007년 정년을 맞이하기에 이른다.

박사학위 취득 겸 제 4시집 출판기념

사실 이 자리는 학생대표였던 故 고재식高宰植 군이 주관하며 학교 식당을 활용했다. 여기에 학위 취득과 제 4시집《무명無明의 시간時間 속으로》와 관련된 내가 아는 학문연구에 종사하는 분들과 문단의 여러 선후배들에게 초청장을 발송했는데 미처 보내드리지 못한 여러 분야의 인사들까지 대거 참석해 주셨다. 여기에 한국을 대표하는 학계 문단 여러분의 축사와 시낭송과 축하노래를 곁들여 대성황을 이뤘기에 내 생애 중 가장 분수에 넘치고 벅찬 그런 자리가 아니었나 싶다.

그래서 그 당시 누군가의 호의와 주선으로 촬영된 스냅사진 기념앨범은 지금도 소중하게 보관하고 있는 내 지적 재산 목록 1호쯤으로 명명해도 좋을 것 같단 생각이 들기도 한다.

나의 학문적 지향

나는 시를 쓰는 현역 시인이지만 또 시를 연구하고 강의하는 학자요 교수로서의 소임을 동시에 수행해야 하는 위치에 있는 한 사람이다. 그렇기에 일견 이 같은 콘텐츠를, 유기적인 관계의 의미망을 어떻게 풀어가고 그 총체적 관계망 위에 교집합의 성과물로 내놓느냐가 내 과제이다. 은퇴 후에는 (일단 강의 부담도 없어진 상황에서) 여전히 더욱 중요한 것을 실감하고 또 지금도 이 같은 이정표와 매뉴얼의 틀 속에 갇혀 결코 쉽지 않은 매일을 보내고 있다. 결국 학문의 정도는 실증적인 것이라고 전제한다면 그간 내가 창작했거나 저술한 모든 내용이 미흡한 대로 곧 구체적인 나의 학문적 지향성이라고 할 것이다.

휴직에서 재임용까지 와신상담 1년

사실 본교 출신도 아닌 내가 그 과정이야 어찌됐건 중앙대에서 30여 년 동안 재직하는 동안 보람도 많았지만 줄곧 꽃길만을 걸어온 것은 아니다.

이런 것은 비단 한국적인 경향이라기보다는 외국이나 다른 분야에서도 생존과 적자생존의 원리에 바탕한 것으로 당사자가 어떻게 대응하느냐에 따라 그 희비가 엇갈릴 일이다. 일시적이긴 하지만 이 과정에서, 난간에서 하마터면 회복 불가능한 나락으로 추락할 뻔한 사건이 1996년 어느 시점에서 발생한다. 나는 가끔 주말에는 내 강의를 수강하는 불특정 학생(여학생)과 함께 경기 팔당외곽 순환도로 드라이브를 하며 더러 맛집도 들르며 반나절 짬을 이용한, 나름 강의실을 벗어나 시원한 바람을 쐬기를 좋아했다. 이 경우 같이 동행한 학생이 남학생이었다면 문제는 달랐을 것이다.

하지만 내가 스스로 말썽을 자초한 면을 인정한다.

이런 나의 행로가 야기된 시발점은 당일 도서관에서 우연히 만난 타과 여학생과 내가 동행한 것이 알려지게 된 것이고 문제를 제기한 교수는 바로 내 옆 이웃 연구실을 쓰고 있어 조석 상면하는 P 교수였다. 이 사실로 인해 징계절차를 밟기 위해 인사위원회가 열리고 있는 상황에서도 해당 학생 부모님은 학교 당국에 선처를 요청하겠다고 했다. 하지만 나는 내 부주의를 인정하고 1년간의 정직처분을 받고 그 순간부터 와신상담의 기간을 견디며 결국 복권의 과정을 거쳐 다시 내 연구실로 돌아온다. 보통 이런 경우 한번 교문을 벗어나면 다시 예상한 대로 제자리로 복직돼 살아 돌아오는 경우는 드물다고 본다. 나는 대신 괄목상대할 만큼 겸손하고 낮은 자세로 13년간 감사한 마음으로 학교생활에 임했던 탓에 역으로 좀 더 나은 모습으로 정년을 맞이하며 은퇴 이후 생활에 대비하며 현재에 이른 것이 아닌가 생각이 된다.

문단활동과 교직생활 총결산

나는 이 과정에서 다른 동료나 제자들에게 부담이 될 수 있는 관행적 행사 등은 최소화하였다. 그래도 그간 펴낸 작품집이나 연구업적 등은 체계적으로 집대성해서 마지막 후학들에게 보여주는 것이 도리라고 생각됐다. 이를 정리해서 정년 1년 앞서 류근조 문학전집 4권(1권: 시 전집, 2권: 시론, 3권: 시인론, 4권: 산문집)으로 묶어낸다.

이 일 역시 출판사 입장과는 달리 당시 재직 중인 본인 입장에서는 학교 계단 벽면 등에 전집의 입체적 팸플릿을 게시하는 일만은 출판사 측에 삼갈 것을 특별히 당부했다. 하지만 학교 신문사의 전집 출판에 대한 인터뷰 요청을 받고 나서야 이미 외부에 알려졌다는 사실을 뒤늦게 알게 된다.

"저자가 40여 년간 시 창작을 하면서 시론과 시인론을 일관성 있게 천착한 역저!" 이어서 한 평론가는 자신의 서평에서 개인적인 삶이 단지 개인에 머무르지 않고 사회적 역사적 관계로 확대되면서 서로 길항하는 모습을 보여주고 있다고 평론한다.

이는 곧 개인의 삶이 어떻게 보편적 문학텍스트로 태어나는가를 보여준 사례라고 적시摘示하기도 했다. 그리고 전집은 미국 하버드대학과 미시간대학의 소장도서가 된 다음 솔직히 내 스스로 이에 대한 긍지를 느끼는 계기가 되었던 것은 부인할 수 없을 것 같다.

관행적 고별행사 고사로 가슴에 담은 정

오랫동안 이어 온 관례로 보면 보통은 재직했던 교수의 정년의식 행사는 비교적 강의 부담이 적은 금요일에 있어 학과 주관으로 대강당에 동료 교수들은 물론 그 외에도 교수 본인과 인연 있는 외부 인사들까지 모여 학문의 업적과 덕망을 기리는 자리이다. 누구나 선망하는 자리라고 볼 수 있지만 교수 본인에게는 실로 매우 부담스러운 자리이기에 나는 많은 고심

끝에 내 자신의 정년과 관련된 모든 행사를 고사하기로 결심
했다. 이를 학과를 통해 사전에 통보한 채 내 존재를 있는 듯
없는 듯 보내는 것을 지향한 탓에 좀 아쉬움이 없지는 않았으
나 마음은 오히려 홀가분한 상태에 여유가 생겨 만족했었다.

그렇지만 학과에서 내가 바라는 대로 그냥 모든 것을 생략한
것은 아니었다. 규모는 작지만 인근 학교 큰 음식점을 통째로
빌려 모든 제자들과 관계자와 나와 인연 있는 분들을 초청했
고, 조촐하면서도 정성과 정이 넘치는 석별의 자리까지 만들어
주었다. 마지막 나로서는 오랜 세월 함께한 소중한 모든 분들
의 정을 가슴에 담을 수 있었던 그런 자리로 나는 지금도 기억
하고 있다.

그리고 이 같은 학과 차원 행사에 이어 대학은 대학대로 많
은 배려를 함으로써 더욱 깊은, 동료 교수들의 깊은 정도 함께
아울러 지닐 수 있는 계기가 되어주었다. 실로 의외의 감출 수
없는 아름다운 인연으로 기억되는 또 하나의 계기가 되었던 것
은 다음 내용에서 확인할 수 있다.

문과대학에 그해 정년에 해당 교수가 나 한 사람밖에 없다
는 사실을 알고 있는 나로서는 학교 측에도 부담을 덜어 주기
위해 미리 학장에게 송별회에 대한 확고한 사양 의사를 전달
했지만 학교 측에서는 어차피 신임교수 환영회 자리도 예정돼
있으니 꼭 참석해 달라고 요청했다. 그래도 그런 자리까지 사
양하는 것은 도리가 아니라는 생각이 들어 조금 늦게 학교에

도착해서 보니 앞에 회식하기로 한 식당차가 보여 급히 다가가는데 뒤에서 학장이 달려왔다. 따라가면서 문과대 전 교수들이 앞자리를 비워놓고 나를 기다리던 중이었다는 사실을 알게 돼 얼굴이 붉어지고 다시 한번 가슴이 뭉클했다.

모두가 지난 일이기는 하지만 지금 회고해 보면 그 어떤 관행적 행사보다도 지금까지 생생하게 가슴에 담아왔고 또 오래오래 기억될 훈훈하고 소중한 추억으로 남을 것 같다.

5. 은퇴 후 근원회귀의 삶을 꿈꾸며

즉자卽自로서 대자對自와의 새로운 관계설정

사르트르의 철학적 개념으로서의 즉자(사물)와 대자(인간존재)의 개념을 원용할 것도 없이 내가 주장하는 바는 쉬운 의미의 관계 = 자기 = 인간이라는 등식, 곧 관계를 떠나서는 인간으로서의 자기도 성립될 수 없다는 논리가 그것이다.

즉 모든 대자와 즉자와의 관계는 상대성을 지니기 때문에 누구든 자신의 삶에 대한 의미의 구현과 그 평가는 자기가 살아온 궤적에 따라 결정될 수밖에 없다는 의미다.

그렇다면 지금까지 한평생 살아온 내 삶의 의미나 평가도 가정을 꾸리고 자식을 낳아 기르며 살아온 가장으로서의 통상적 의미도 중요하지만 이에 못지않게 그간 시인과 연구자로서의 학자적 행적과 동시에 각 시대별 공간적 변화에 따라 그 영향 아래 창작된 살아있는 유기체로서의 10여 권의 창작 시집도 매우 중요한 범주 안의 외연과 내포개념에서 완전히 벗어날 수는 없다고 본다.

아울러 본 항목과의 관계에서 한마디로 규정한다면 이 같은 일련의 관계에서 특히 내가 은퇴 후에 생각해 본 것 역시 근원적 회귀를 꿈꾸는 삶의 지향성이라고 할 수밖에 없다.

영화 〈버킷리스트〉의 주인공처럼

생을 마치기 전 아직 못해 본 일들을 작성해 놓고 한 가지씩 실행에 옮겨 여한을 남기지 않겠다는 내용의 영화 주인공이 되겠다는 소망은 모두 재력과 체력이 요구되는 일인 만큼 사실상 실현 불가능하다. 그렇기 때문에 고작 할 수 있는 방법은 영화 같은 기호적 체험을 통한 대리체험이나 이와 유사한, 내 자신이 몰입할 수 있는 미술 같은 예술세계에의 탐닉 이외에 또 무엇이 있겠는가.

오프라인 북과 온라인 북 사이에서

내가 지금 실행하고 있는 글쓰기 작업 혹은 이미 이 관계망을 벗어난 종이책들paper books을 통한 삶의 실현 방법이 있을 수 있다. 실제로 나는 이 두 가지 방법이 서로 만나 길항하는 지점을 거점으로 매일 그네타기를 하고 있는 게 사실이다.

마무리 세계여행

나는 사실 앞에서도 잠시 언급하기도 했지만 재직 중에도 기회 있는 대로 일부 험지를 제외한 동서양의 대륙을 여행가로서도 손색없을 만큼 주로 유전여행을 다니며 여행시집을 펴냈다. 은퇴 후에도 가족동반 20여 일에 걸쳐 13국을 여행한 후 앨범을 남겼으니 어느 면에서는 가족들에게도 동반자로서의 의무를 다했다고 자위하고 있기는 하다.

가족 그 끝까지 놓치지 말아야 할 인연의 끈

나 역시 젊었을 때는 가족의 소중함을 모르고 공전시킨 혐의가 없진 않다. 하지만 요즘 미수를 넘어서는 가족의 유대와 공존의 힘을 떠나서는 아예 생활이 의미 있는 유지가 어렵다는 것을 실감하고 있다. 이것이 어찌 나만의 문제에 국한하겠는가.

막바지 명심하고 실천해야 할 키워드

말로서는 죽이는 말(상대에 대한 배려 없이 자신의 입장을 내세우는)보다는 살리는 말(사랑과 정성이 담긴), 나아가 말보다는 행동으로 실천하는 모습을 중요한 덕목으로 볼 수 있다. 이를 위해서는 먼저 자신의 건강관리가 전제돼야 함은 아무리 강조해도 모자랄 것이다.

미리 써본 유언장

사후에 남길 무덤에 관해서 우리가 흔히 생각하는 유형의 무덤을 남기는 것에 나는 철저히 반대하는 이유가 있다. 그것은 자신의 애완동물의 혈통은 중시하면서 조상 대대로 내려오는 족보는 볼 줄도 모르는 세상인데 이제 그런 걸 만들어 놓고도 현실적인 관리조차 하지 못할 무덤의 조성을 반대하는 것이다. 대신 내가 바라는 내 마음의 그 승화적 의미를 세계적인 팝페라 가수 임형주의 원곡 〈천개의 바람이 되어〉 가사 내용으로 대신하겠다.

　　나의 사진 앞에서 울지 마요
　　나는 그곳에 없어요
　　나는 잠들어 있지 않아요

제발 나를 위해 울지 말아요
나는 천개의 바람
천개의 바람이 되었죠
저 넓은 하늘 위를
자유롭게 날고 있죠

가을엔 곡식들을 비추는
따사로운 빛이 될게요
겨울엔 다이아몬드처럼
반짝이는 눈이 될게요
아침엔 종달새 되어
잠든 당신을 깨워 줄게요
밤에는 어둠 속에서 별이 되어
당신을 지켜줄게요
나는 천개의 바람
천개의 바람이 되었죠
저 넓은 하늘 위를
자유롭게 날고 있죠

6. 에필로그

사람의 운명, 즉 생사란 아무도 모른다. 하지만 아무리 의학이 발달되고 인간이 노력한다 해도 지금 상황으로서는 100세 수명을 누리는 일조차 그리 쉬운 일은 아니다.

나는 여기서 독일 작가 악셀 하케의 소설 《사라진 데쳄버 이야기》에서 데쳄버라는 왕의 우화적 상상력을 통하여 인간이 태어나서 점점 성장을 거듭하다 인간이 마침내 늙어서 죽는다는 것을, 점점 작아져서 사라져 원래 상태인 무無로 돌아간다는 것에 주목하고 싶다.

그것은 인간의 생로병사 문제는 오랜 세월 내려온 모든 대기권의 물질의 카오스 상태에 연유한 혼융과정의 물질과 생명현상의 변화과정에서 우연한 기회에 잠깐 지상에 대기한 현상 혹은 내포개념에서 발생한 것으로 보고자 한다. 그래서 그 이상의 형이상학적 문제는 신의 문제와 결부된 종교의 문제로 치환될 수밖에 없을 것이니 여기에 무슨 사설을 더 덧붙일 것인가.